DANIEL GENUINO

UM LOBISOMEM CACERENSE

SÓ QUE NÃO

1ª edição

Cáceres – MT
Edição do Autor
2016

Preparo dos originais Autor

Revisão Gramatical Autor

Diagramação Autor

Capa Autor

Genuino Daniel.Um Lobisomem cacerense – Só que não / Genuino Daniel. – 1ª. Ed. – Cáceres MT, 2016

Número de páginas: 122

ISBN 978-85-920215-1-1

1.Romance.2.Pescador.3.Lobisomem.4.Cáceres.

SUMÁRIO

Dedicatória

A Deus, que me concede a vida e o saber.
A minha esposa Marilene, pela paciência e companheirismo;
Aos meus filhos Richard e Renata Genuíno; Jhonny Genuíno e
Núbia Aline Genuino Dalbém e Priscila Genuíno, por todo apoio a
mim prestado;

Aos meus pais Lino Genuíno e Seliria Genuíno;

A todos os meus amigos que ajudaram construir a minha história;
e A todos os leitores ávidos por novas aventuras.

Um lobisomem cacerense, só que não, por Daniel Genuino

A bicicleta do Samuca

Cáceres não é nem de longe uma cidade grande. Pode-se dizer que é uma cidade bem antiga, fundada ainda nos tempos coloniais que se estagnou encravada no oeste mato-grossense. Mesmo gozando de uma posição privilegiada, às margens do rio Paraguai isso não foi suficiente para que o progresso pudesse alavancar o crescimento da cidade.

Nos últimos trinta anos, diversos prefeitos, vereadores e deputados foram eleitos com o discurso da implantação de uma zona de processamento e exportação a ser implantada na cidade. Quem sabe se agora não sai?

Os bairros da cidade vão surgindo por meio das invasões (grilos), o que resulta um crescimento desordenado e sem estrutura. Primeiro surgem os moradores, que vão medindo os terrenos por conta própria e construindo residências. Só bem depois é que surgem as concessionárias instalando água e energia.

A ausência da administração pública faz com que esses bairros cresçam sem nenhum planejamento e estrutura necessária para o crescimento de uma cidade. Quando alguém questiona, a resposta é: sempre foi assim.

Na medida em que esses bairros vão crescendo e tendo acesso a mercados, farmácias e outras casas comerciais, vão também surgindo os mais abastados que compram essas propriedades construindo belas casas e empurrando os menos favorecidos cada vez mais para os subúrbios que vão dando origens a novos bairros.

Foi assim que o pai de Pedrinho acabou cedendo ante a oferta de compra de sua pequena casa por parte de certo doutor que apareceu na sua porta.

Pedrinho nunca entendeu bem o motivo que levou o seu pai a vender a casa de sua infância. Queria voltar lá mais uma vez, só para ver como estava aquilo tudo.

Certo dia saiu com alguns amigos e percebeu que estava próximo de sua antiga morada. Ao passar diante daquele lugar, Pedrinho não resistiu e teve que parar por uns instantes.

Olhar para aquele lugar tão conhecido e estranho. Era como se tivesse voltado no tempo. Tentava identificar o local exato onde anos antes havia sido seu lar, mas nada havia restado. Tudo estava muito diferente. Os terrenos antes baldios agora ostentavam casas de alvenarias, muradas, com imensos portões de ferro. Houvesse ao menos o velho embiruçu com as suas flores brancas e perfumadas, poder-se-ia matar um pouco da saudade.

Estava a olhar extasiado com tantas recordações que nem se deu contas de que alguém se aproximava.

—E aí Pedrinho, vai ficar parado aí o dia todo? Vamos embora cara, não tem mais nada aí.

—Você tem razão. Nada aqui é mais como antes. Não sei como pode mudar tanto assim em tão pouco tempo.

—É isso aí cara, as coisas mudam, nós mudamos, tudo muda.

—Claro, eu só queria dar uma passada aqui para ver se ainda tinha alguma coisa que me trouxesse alguma recordação. Agora sei que não tem mais nada aqui da minha infância. Acho que podemos ir embora.

— Embora? Não se esqueça que temos ainda que passar na casa do Samuca pra ver se ele descobriu alguma coisa sobre o roubo da sua bike.

— Caramba! É verdade, vamos logo.

Samuca era um grande amigo de Pedrinho. Era um cara muito legal. Ele era do tipo que demorava em sacar as coisas. Era magro, tinha as pernas arqueadas como as de um cowboy, o cabelo escorrido lhe conferia uma aparência confusa, alguns diziam que era parecido com um índio, outros, que parecia japonês. Quando alguém lhe contava uma piada, ele sorria meio tímido, mas só no dia seguinte entendia realmente o sentido.

A casa de Samuca ficava perto da universidade e como estavam em um local próximo, não demoraram em chegar. Era uma casa simples, mas tinha um muro de quase três metros de altura. Por cima, uma cerca elétrica com placas de advertência. Uma característica quase normal em Cáceres para evitar a malandragem que assola as ruas da cidade.

Os enormes cachorros latiam sem parar, e logo a porta da casa se abriu surgindo a figura simpática de Samuca.

— E aí galera, prontos para ação? — Perguntou Samuca abrindo o portão.

— Demorou véi, vamos nessa. — Respondeu Tuca.

— Diz aí Sam, descobriu alguma coisa? — Perguntou Pedrinho.

— Mandei mensagens pra uns caras aí, vamos ver no que dá — disse Samuca.

— Legal. Eu e o Tuca aproveitamos para dar uma passada ali onde eu morava, queria ver como estava.

Tuca era companheiro inseparável do Pedrinho. Haviam se conhecido na escola quando Pedrinho estava passando aperto em uma briga com um moleque bem maior que ele, na hora da saída. Pedrinho bem que tentou evitar o confronto, só que não. O outro garoto vendo que ele tentava escapar convocou sua turma para cercá-lo. Não tendo outra saída, Pedrinho teve que partir para a porrada. Estava levando a pior naturalmente, não tinha muita prática na briga. Quando tudo parecia perdido, apareceu aquele garoto estranho. Tinha os braços troncudos, como se fosse aqueles homens que trabalham descarregando caminhões, cada soco que dava era um guri que saía berrando, até que ficou só o grandão que estava em cima de Pedrinho dando socos. Coitado, não teve nem tempo de ver o que o acertou bem no pé do ouvido. Saiu cambaleando das pernas, parou um pouco a frente e disse:

— Eu vou te pegar Pedrinho, você não vai escapar. Depois a gente acerta.

— Pega agora se for homem, seu babaca — disse Pedrinho encorajado.

— Me deixa dar mais uma porrada nele — disse o moleque que salvou Pedrinho da surra.

O encrenqueiro, vendo que não podia com seu adversário, saiu em disparada enquanto a molecada gritava:

— Correu de medo, cagou no dedo!

O tal brigão era conhecido na escola como cabeção. Todos os alunos se borravam de medo dele. Parecia que brigar e bater nos outros era sua diversão predileta. Mas agora achou o dele.

— E aí, tá muito machucado?

— Não, tô di boa. Obrigado por me ajudar.

— Foi nada não. Não gosto desse sujeito.

— E quem gosta? Esse cara é um mané.

— É, faz hora que eu estava querendo dar uma lição nele.

— Dessa vez ele vai aprender a não tirar os outros. Mas fala aí, como é o seu nome, cara?

— Meu nome? Pode me chamar de Tuca, todo mundo me chama assim.

— Pode crer Tuca. Vamos tomar um sorvete? Eu pago.

— Demorou, vamos lá.

E foi assim que Pedrinho e Tuca se tornaram bons amigos.

Mas agora é preciso voltar à frente da casa de Samuca onde estão os três garotos reunidos.

— É o seguinte, galera — disse Samuca — Eu fiz um mapa de algumas áreas por onde começaremos as buscas.

— Vamos procurar na cidade inteira? — Perguntou Pedrinho.

— Não cara, é por isso que fiz um mapa, para sabermos por onde começar, aonde ir primeiro, por aí.

— E por onde vamos começar?

— Vamos começar pela Cracolândia.

— Cracolândia? Caracas, o nome já é bem sugestivo não acham?

— É isso aí Tuca, e é pra lá que vamos agora.

— Vamos lá então — disse Pedrinho animado.

Os garotos pedalaram em direção ao fundão da Cavalhada, cruzaram algumas ruas e logo o cenário começou a mudar. Eram barracos feitos com restos de todo tipo de material. Tudo era válido, havia pedaços de papelão servindo de paredes, lonas plásticas, telha de amianto, enfim, era uma verdadeira miséria. Os políticos só entram em lugares como esse em tempos de eleições, depois desaparecem até terminar o mandato.

— Nossa! Quanta pobreza — disse Samuca.

— Bota pobreza nisso — concordou Tuca.

— Sabe cara, acho que é por isso que essas pessoas são tão revoltadas. Elas não têm nada.

— Não concordo — disse Pedrinho — Eu também já morei debaixo de uma árvore, não tinha o que comer, andava descalço e nem por isso cresci revoltado.

— É você tem razão, a pobreza não é justificativa para ninguém se tornar marginal, aliás, os maiores bandidos desse país são ricos e estudados.

— Aí Samuca, tá ficando esperto, cara.

— É lógico que sou esperto, faço de bobo pra viver.

Estavam ainda dando gargalhadas quando passaram em frente a um barraco em que estavam cinco adolescentes fumando crack.

— Olha lá os caras — disse Pedrinho.

— Ta olhando o que, seus manés? — Gritou um dos adolescentes.

— Nada não cara, só estamos passando — disse Samuca.

— Então vaza daqui, vaza! — Gritou novamente um dos meninos que estava se drogando.

Imediatamente, os três pedalaram com força para se afastar do local. Permanecer ali poderia ser perigoso. É comum que esses meninos tenham armas de fogo do tipo caseira.

— Estão vindo atrás nós?

— Eu acho que não Samuca — respondeu Pedrinho.

— Vamos voltar outra hora — disse Tuca.

— É, vamos dar um tempo, aqueles caras não brincam, eles têm armas de verdade — disse Pedrinho.

—Ta certo, mas eles ainda vão ter o que merecem — disse Samuca.

Alguns dias antes, Samuca havia ganhado de presente de aniversário uma bicicleta nova. Era uma bike de vinte e uma marchas, freio a disco, amortecedores, coisa fina. Seu pai lhe recomendou muito para que não deixasse roubá-la. Infelizmente, Samuca deu um vacilo e um gatuno passou-lhe a mão na bike. Indignado com a situação, Samuca convidou alguns amigos para investigar o paradeiro de sua bicicleta, uma vez que a polícia não iria atrás de algo tão insignificante.

Um lobisomem cacerense, só que não, por Daniel Genuino

A revolta dos pescadores

Da colônia já se podia ouvir o barulho do motor de centro da chalaninha "Birigui" do seu Antônio Parabá se aproximando. Parabá era um dos pescadores mais antigo de Cáceres.

— Esse é seu Antônio Parabá que vem aí — disse um pescador — Conheço a chalana dele só pelo baruio do motor.

— Agó, se não matou nada deve ta vindo brabo que só

— Disse outro velho pescador dando uma boa gargalhada.

De fato, seu Antônio estava com cara de poucos amigos. Desceu da chalana trazendo na mão apenas uma cambada com alguns bagres miúdos e piranhas. E antes que alguém lhe perguntasse alguma coisa já foi dizendo:

— O trem ta feio. Bati a semana toda e nada. Parece que o peixe sumiu.

— Tô falando, não é mais como antigamente — resmungou o pescador conhecido na cidade como "Zé do peixe". — Já peguei muito pintado aí mesmo — disse apontando o rio com o beiço. — Naquele tempo não precisava ir longe pra matar o peixe, com uma canoinha de remo e uma linhada, você não perdia a viagem.

— É, mas esse já faz muito tempo — disse Parabá num sotaque peculiar do cacerense. — Agora se quiser matar alguma coisa, tem que sair pra longe. — Continuou.

O outro pescador que ouvia calado era ainda jovem, se comparado a Parabá e Zé do peixe. Era conhecido pelos demais pescadores como "Duduzinho". Devia ter uns trinta anos, mas aparentava ter pelo menos uns quarenta. A bebida o havia deixado assim. Contam que ele perdeu o emprego e se afundou no álcool. Sua mulher não agüentando mais o sofrimento o abandonou, e isso só fez piorar ainda mais o seu estado.

Depois de muita decadência, recebeu a ajuda de alguns amigos e começou a trabalhar na pesca com os pescadores da colônia. Inicialmente apenas acompanhava os pescadores auxiliando nos trabalhos de organização e limpeza dos barcos ou destrinchando os peixes apanhados, depois foi pegando o jeito e começou a pescar o seu próprio peixe. Como não tinha onde morar vivia ali mesmo na colônia.

Fitava os pescadores naquela discussão sobre a escassez do peixe no rio Paraguai, sem, no entanto, emitir qualquer opinião.

— Esse aí é essa baruiada de motor pra cima e pra baixo — Disse Zé do peixe indignado.

Esse povo parece que não trabaia, fica a semana inteira zuando nesse rio.

— É verdade Zé. Eu também penso que é isso que ispanta os peixes pra longe. Os bichos gostam de silêncio — concordou Parabá.

— Isso mesmo — disse Duduzinho, agora entrando na conversa. — Antigamente era todo mundo só no remo, não tinha essa quantia de barcos a motor transitando no rio, por isso os peixes deviam ficar por perto. Agora, com esse barulho todo, eles preferem ficar mais afastados.

— Sem contar que as beiras do rio estão tomadas de pesqueiros — disse Zé do peixe. — Essas cevas, eu já ouvi de gente que estuda o assunto, elas deixam o peixe acostumados com a comida fácil e aí não sobem o rio pra desovar.

— Tem razão Zé. O povo tomou conta da margem do rio — Disse Parabá. — Não dá mais nem pra chegar ao rio na maioria dos lugares que a gente pescava antigamente.

— Eu já vi até briga de bala aí nessas cevas. O cara furô o barco do outro na bala, só porque estava apoitado na frente do seu tablado — disse Zé do peixe.

— E será que as autoridades não podem intervir nesse entrevero? — Perguntou Duduzinho.

— Quá, já tentaram várias vezes, mas entre os donos de cevas estão muita gente grande — disse Parabá.

— E daí? A lei, não é pra todos? — Indagou Duduzinho.

— De certa forma é, Dudu — respondeu Zé do peixe. — Mas funciona assim, quando é pra defender serve pros grandes, quando é pra punir funciona pra nós, entendeu?

— Acho que entendi sim seu Zé — respondeu Duduzinho. — Serve pra defender os interesses dos ricos e apertar os pobres, não é isso?

— É isso mesmo Dudu — concordou Parabá. — Veja bem, esses tais de turistas que vêm a fim de pescar, eles voltam com o ônibus rufando de peixe, não gastam com hotel, nem com comida, até a cerveja eles trazem de fora e fica tudo por isso mesmo. Mas o pobre do pescador, de vez em quando tem um que leva uma surra por apanhar algum peixinho fora da medida.

— Ave! Eu tenho até medo de topá com esse povo da polícia. Chega me dá arrepios — disse Dudu passando a mão pelo braço.

— Por falar nisso, a eleição está chegando aí. Teremos que escolher o novo presidente — disse Parabá.

— Se dona Maria candidatar, meu voto é dela — disse Zé do peixe. — Talvez, com uma mulher à frente, a coisa mude os rumos. —Continuou.

— Querem saber de uma coisa? Eu vou é pra casa limpar esses peixes e fazer um ensopado — disse Parabá batendo a mão no ombro de Zé do peixe.

Enquanto Parabá se afastava, Zé do peixe e Duduzinho continuaram a conversa.

— Dudu, você acha que o seu João Bugre está mesmo metido nesse rolo das carteiras? — Perguntou Zé do peixe.

— Olha seu Zé, eu não sei de nada, mas tem muita gente por aí que jura que seu João não resiste uma propina. Mas se tiver mesmo envolvido, deve ter muita gente grande metida nisso.

— Eu também acho. Seu João não ia dar conta disso sozinho.

— Espia só, seu Zé, cada dia aparece um pescador novo aí, com carteira e tudo. Gente que eu nunca vi pescando na vida.

— E, não é? Eu só quero ver a hora que a coisa começar a feder.

— Eu não quero nem ta perto.

— Se dona Maria candidatar mesmo, vai ter briga feia, porque seu João não está com intenção de largar o osso tão cedo — Disse Zé do peixe se levantando.

— Seu Zé, eu tenho medo desse sujeito. Ele me dá arrepios — disse Duduzinho.

— E você faz bem Dudu, ele não é flor que se cheire.

A noite estava a chegar e Zé do peixe começou a reunir seu equipamento de pesca.

— O senhor vai tentar apanhar algum peixe agora à noite, seu Zé?

— Vou sim Dudu. Porque você não vem comigo? Estou com umas iscas daquelas.

— Vou não seu Zé. Hoje eu quero dormir e descansar bem. Saio amanhã cedo.

— Ta certo Dudu. Então até mais ver.

Zé do peixe entrou no barco, ligou o motor e em poucos minutos se perdia na escuridão do rio Paraguai.

Um lobisomem cacerense, só que não, por Daniel Genuino

A visita da candidata

Samuca e Pedrinho acompanharam Tuca até sua casa que ficava em um bairro afastado do centro.

— Caraca véi, meu pai já chegou — disse Tuca apreensivo.

— Mas você disse que ele só chegaria daqui uns dias — disse Pedrinho.

— Pô, ele vai ficar zoado comigo. Seguinte, podem ir. Eu me viro aqui com o velho.

— Então valeu Tuca. Boa sorte aí — disse Samuel.

Tuca entrou devagar tentando não chamar a atenção. A televisão estava ligada muito alta e ele passou despercebido indo direto para o quarto.

— Tuca! É você que está aí? — Era a mãe de Tuca.

— Sou eu sim mãe. O que é?

— Venha cá, seu pai quer falar com você.

— Ta bem, espere só um minuto.

— Certo, mas não se demore.

— Tuca saiu do quarto e foi até a pequena sala onde seu pai estava.

— Por onde você andava seu moleque? — Perguntou o pai de forma ríspida.

— Estava por aí.

— Por aí, onde? Com quem?

— Com uns amigos pai, nada demais.

— Nada demais? Escute aqui moleque, eu dou um duro danado pescando, pra botar comida nessa casa, enquanto você fica por aí batendo pernas. Qualquer hora dessas vou ter que te buscar em alguma delegacia.

— Pai... qual é?

— Qual é? Então fica levando a vida desse jeito pra você ver. Na sua idade eu já trabalhava e muito!

— Estou estudando pai, os tempos mudaram. Não quero ser um pescador como o senhor. Prefiro morrer que viver desse jeito.

— O que é que tem ser pescador? Você tem vergonha disso? Tem vergonha do seu pai?

—Vergonha, não. Só não quero isso pra mim e pronto.

— Pois eu tenho muito orgulho do que eu sou. Nunca precisei bater na porta de ninguém pra pedir um copo de arroz. E agora vá jantar!

Tuca ia saindo apressado quando seu pai o chamou novamente.

— Espere! Na semana que vem vou sair novamente pra descer o rio. Vê se não da trabaio pra sua mãe.

Tuca finalmente dirigiu-se para a cozinha de onde recendia um cheiro gostoso de bagre ensopada. Colocou farinha de mandioca no prato e em seguida, uma boa conchada de caldo quente. Mexeu o pirão e foi se sentar na varanda para saborear. Pensava na bronca do pai. Era mais espinhosa que o bagre que devorava.

No outro dia pela manhã, Tuca ouviu alguém batendo palmas à frente de casa. Saiu meio desconfiado e pode ver uma mulher bem vestida, cabelos longos, pretos, devia ter uns trinta e cinco anos, por aí. Tuca veio até a frente olhando curioso. O que poderia querer aquela mulher ali?

— A senhora ta procurando alguém dona?

— Estou procurando o seu Antônio Parabá, um pescador, você sabe onde mora?

— É aqui mesmo dona. Espere aí um instante que eu vou chamá-lo.

— Ah sim que bom, eu agradeço.

Parabá saiu à porta, vestindo a camisa. Apertava os olhos contra a claridade, tentando distinguir a sua visitante.

— Dona Maria? Vamos chegar pra cá — disse Parabá apontando para uma sombra no quintal.

— Com sua licença, seu Parabá.

— Pode ficar à vontade, vou mandar a muié passar um café pra nós.

— Não é preciso se preocupar, seu Parabá, a demora é pouca.

Havia uma enorme mangueira no quintal e sob ela, alguns troncos roliços de madeira onde se sentaram. Alguns minutos depois, dona Isabel, esposa de Parabá chegava com um prato contendo duas canecas de café quente. Eles começaram a tomar o líquido fumegante enquanto conversavam.

— Seu Antônio, o senhor sabe que eu pretendo me candidatar a presidente da colônia, não é?

— To sabendo sim, dona Maria.

— E o que o senhor acha?

— Eu acho muito bom, mas penso que a senhora vai enfrentar muita briga.

— Eu estou pronta para brigar seu Antônio. Sei que não vai ser fácil.

— É o que eu penso dona Maria. O seu João é capaz até de matar pra ficar na presidência.

— Eu conheço o jogo dele, seu Antônio, por isso estou preparada.

— Já estava na hora de alguém enfrentar essa sanguessuga. Não fez benfeitoria nenhuma em favor dos pescadores.

— Mas os dias desse pilantra estão contados seu Antônio. Chega de tanta corrupção, o povo já não agüenta mais.

— Pois pode contar comigo dona Maria, no que depender de mim, estou pronto para ajudar.

— É isso que eu queria ouvir, seu Antônio. Eu preciso muito do seu apoio. Sei que os pescadores respeitam muito o senhor.

— Pode ficar tranquila, eu vou conversar com alguns companheiros e pedir pra eles apoiarem a senhora.

— Muito obrigada seu Antônio, eu sei que juntos poderemos melhorar a vida dos pescadores. Eu tenho alguns projetos em mente. Um deles é acabar com esse negócio de atravessador. Nós mesmos vamos vender o nosso peixe direto ao consumidor.

— Já estou gostando dessa ideia, dona Maria. Esses atravessadores ganham mais dinheiro do que nós que sofremos lá na beira do rio pra apanhar o peixe. Só querem lucrar às nossas custas.

— É verdade seu Parabá. Também penso em lutar para que os pescadores profissionais tenham delimitada uma reserva onde apenas eles possam pescar.

— Mas isso seria possível dona Maria?

— Tudo é possível seu Parabá, só precisamos lutar pelo que acreditamos.

— Eu acredito na senhora. Sei que vai fazer muito por nós ali na colônia.

Dona Maria se dirigiu à saída do quintal acompanhada por Antônio Parabá. Em seguida se despediu dizendo:

— Agradeça a dona Isabel pelo café.

— Não seja por isso — respondeu Parabá prontamente.

Parabá ficou alguns instantes na frente da casa observando a rua. O solo pedregoso parecia não lhe incomodar os pés descalços. Estava acostumado. Só usava calçado nos pés em ocasiões especiais. Detestava os sapatos. Voltou para a aconchegante sombra da mangueira e se pôs a reparar a velha tarrafa de apanhar iscas.

Um lobisomem cacerense, só que não, por Daniel Genuino

Um corpo e um mistério

O dia estava amanhecendo e o telefone do Samuca tocava sem parar. Relutou em atender e, por fim apanhou o celular. Tinha tanto sono que seus dedos não tinham força para tocar na tecla do aparelho. Precisou de esforço enorme para abrir os olhos e ver o nome no visor do aparelho.

— Alô...

— Samuca! Acorda aí rapaz.

— Po, cara, sabe que horas são? Você atrapalhou meu melhor momento de sono.

— Pare de reclamar Samuca, ta parecendo uma velha resmunguenta.

— Fale logo cara, o que ta pegando?

— Seguinte, vem correndo pra cá. Parece que acharam a sua bike.

— O que? Como assim? Onde?

— Calma aí. Venha pra minha casa. Daqui vamos para a casa do Tuca e no caminho eu te explico tudo.

Samuca saiu apressadamente para a casa do Pedrinho. Esqueceu até de tomar o café. Encontrar sua bicicleta era a prioridade.

Chegou à casa de Pedrinho e foi logo entrando. Estava ansioso.

— Cadê a minha bicicleta onde ela está?

— Ei! Já disse pra ter calma, ela não está aqui.

— Então, onde está?

Vamos passar na casa do Tuca, parece que alguém ligou para ele dando uma informação.

— Vamos logo então. O que estamos esperando?

Foram para a casa do Tuca onde ele estava esperando. De lá seguiram para uma região de matagal próximo ao rio. Um lugar de muito lixo. Havia de tudo, pneus velhos, latas, poltronas velhas, animais mortos, restos de materiais de construção e todo tipo de lixo doméstico.

Um menino que havia visto a bicicleta os guiou até o local. Havia uma trilha que levava até o rio, e adentrando cerca de quinhentos metros mata adentro, logo o menino parou e apontou para o local.

— É logo ali, eu estava revirando o lixo em busca de alguma coisa que pudesse aproveitar quando vi a bicicleta, em princípio fiquei alegre pensando que talvez alguém a tivesse jogado fora, mas quando cheguei mais perto notei que era como a descrição que Tuca fizera da bicicleta roubada.

— Será que ainda está lá?

— Não sei. Assim que a vi tratei logo de avisar o Tuca, tive medo que houvesse alguém por perto — disse o garoto.

— Olhem é ela mesma — confirmou Samuca.

— Caraca! E não é que é mesmo? — Disse Pedrinho.

Ao chegarem mais perto, no entanto, havia um terrível odor de carniça no entorno.

— Ah! Que catinga — disse Samuca.

— Será que é algum bicho morto? — Indagou Pedrinho.

— Talvez seja algum cachorro ou uma capivara. Vamos dar uma olhada.

— Parece que a catinga vem daquele lado — disse Pedrinho apontando com o dedo.

Andaram mais alguns passos e viram alguma coisa sob os arbustos.

— Ali, olhem! — disse Tuca se apressando.

— Meu Jesus! O que é isso? — Perguntou Pedrinho com uma expressão de terror.

— Acho que vou vomitar — disse Samuca levando a mão à boca.

— Um homem morto! — Disse o garoto — Está podre.

— E agora? O que vamos fazer? — Perguntou Pedrinho.

— Vamos pegar a minha bicicleta e dar o fora daqui — disse Samuca.

— Nada disso. — Disse Tuca — Vamos chamar a polícia. Não mecham em nada.

— Ah! Que bosta — disse Samuca.

Tuca ligou para a polícia e em alguns minutos eles já estavam no local. Os meninos ficaram observando o trabalho dos peritos que examinavam atentamente todos os detalhes. Com luvas e máscaras eles mexiam pra lá e pra cá no cadáver que se desmontava ao mais leve toque dos peritos.

— Quem chamou a polícia? — Perguntou o policial que parecia estar no comando.

— Fui eu _ disse Tuca se adiantando, esperando algum elogio digno da sua nobre atitude.

— Terei que lhe fazer algumas perguntas rapaz.

— Sim senhor — respondeu Tuca ainda com esperança de receber seu elogio.

— O que vocês estavam fazendo aqui?

— Estávamos procurando a bicicleta do Samuca. Ela foi roubada na semana passada.

— E como sabiam que ela estava exatamente aqui?

— Aquele garotinho menor ali me disse ter visto ela aqui, então viemos verificar.

— Bom, e como ele soube? O que ele fazia por aqui?

— Ele estava revirando o lixo ali próximo procurando alguma coisa que pudesse aproveitar e quando adentrou um pouco mais na mata viu a bicicleta.

— Está certo, mas tem uma coisa que não está batendo. Você disse que essa bicicleta foi roubada na semana passada...

— Sim senhor, na escola.

— Mas esse corpo deve estar aí há uns quinze dias a julgar pelo estado de decomposição.

— E o que isso tem a ver?

— Tem muita coisa, garoto. Tem muita coisa.

— Bom, sobre isso eu não sei explicar pro senhor.

— Certo. Terei que pegar o nome de vocês, ainda preciso ouvi-los.

— Uma pergunta, eu posso levar a minha bicicleta, moço? — Perguntou Samuca.

— Não. Ela vai para a delegacia para ser periciada.

— Ser peri... Oque?

— Ser periciada, quer dizer que vamos examiná-la melhor em busca de alguma pista. Logo que estiver liberada você poderá comparecer munido com o documento da mesma para reclamá-la — respondeu o policial.

— Ah! Eu sabia que ia dar nisso — disse Samuca sussurrando a Pedrinho.

Os policiais, depois de ter fotografado todo o local, colocaram os restos do *de cujus* em uma espécie de caixão de lata com alças, transportaram até a viatura na entrada da mata e em poucos instantes se afastavam do local em direção ao necrotério.

Os meninos voltaram decepcionados, sem a bicicleta do Samuca, sem elogios pela boa ação e assustados com a cena horripilante que viram. Era muita coisa para um só dia.

Um lobisomem cacerense, só que não, por Daniel Genuino

O começo da discórdia

A colônia dos pescadores estava agitada naquele dia. Seu Antônio Parabá estava falando com alguns pescadores a respeito da candidatura de dona Maria Ponhé quando chegaram alguns pescadores simpatizantes de João Bugre e a confusão começou.

— Não queremos uma mulher na presidência — gritava um pescador tentando exaltar os ânimos dos demais.

— Gente, temos que ouvir as propostas dos candidatos e avaliar — disse Parabá.

— Nada disso, não queremos saber de propostas nenhuma, nosso presidente é João Bugre — voltava a gritar o pescador conhecido como Maneco.

Maneco era um tipo magricela, alto, a pele era um branco amarelado e tinha cara de poucos amigos. Tinha um nariz fino e alongado, os cantos da boca voltados para baixo, o que lhe deixava com um ar de pessoas em quem não se confia. Não fazia muita amizade entre os pescadores, a não ser com o pequeno grupo que o seguia. Raramente pescava. Era mais um atravessador oportunista, que descia o rio de vez quando, comprando peixe dos ribeirinhos ou de outros pescadores por um preço bem baixo e vendia por um alto preço na feira.

— Você pode se arrepender Parabá, todos aqui apóiam o João. Essa mulher com as suas idéias absurdas vai acabar te empurrando pro buraco — disse Maneco em tom ameaçador.

— Todos? Eu acho que você está falando por você e sua corja, Maneco.

— Vamos lá pessoal, vamos todos embora daqui. Não temos que ouvir essa palhaçada. Já sabemos quem é o nosso presidente. Vamos deixar esse idiota falando sozinho — disse Maneco se voltando aos presentes.

Mas ao invés de saírem, os pescadores começaram a gritar o nome de dona Maria, deixando Maneco muito contrariado. De repente, não se sabe quem começou, mas uma grande confusão estava acontecendo entre os pescadores que estavam mais para os fundos do barracão. Não tinha mais volta. A pancadaria só terminou com a chegada da polícia. Havia mesas e cadeiras espalhadas por todos os lados. Seu Parabá estava muito triste e decepcionado com o acontecimento. Não era para ser assim.

Uma pescaria sinistra

O rio estava calmo naquela manhã ensolarada enquanto a birigui cortava calmamente os remansos seguindo rio abaixo. Mesmo para os olhos acostumados de Parabá, a beleza era exuberante. Ouvir o canto dos socós às margens do rio era algo sem preço. O ronco dos bugios parecia acompanhar os socós em uma orquestra sinfônica da mãe natureza. Nas margens, os jacarés com a boca aberta, tomando sol, eram os únicos expectadores daquela cena sem comparação. Enquanto iam serpenteando o rio caudaloso, Parabá ia acenando para os pescadores com os quais ia cruzando. Mas à medida que avançava, ia ficando cada vez mais solitário no imenso rio que se abre para o pantanal.

Por fim chegou ao acampamento. Encostou a birigui nos aguapés e de um salto alcançou a margem seca, segurando na mão a corrente de ferro com a qual prendeu a chalana a uma grossa árvore. Em seguida, descarregou algumas coisas levando para um rancho que ele havia construído para melhor comodidade. Era simples, de pau a pique, com uma cobertura de folha de bacuri, uma espécie de palmeira comum nessa região. Acendeu o fogo ao fogão de lenha e preparou um café bem forte para espantar o sono e o cansaço da viagem. A tarde começava a cair e o sol já se escondia sob as árvores às margens do rio produzindo um clarão avermelhado nas águas claras do exuberante rio Paraguai.

Sem perder tempo, Parabá desatou a canoa que levava de arrasto para se locomover durante a pescaria e começou a remar junto aos aguapés. Ia parando nos lugares de costume onde já deixava sempre uma linha presa a um galho de arbusto ou uma vara espetada no barranco. Com calma, colocava iscas nos anzóis e os arremessava de volta a água. Fazia isso com muita habilidade, já estava habituado a pescar assim. Era uma estratégia de multiplicar as chances de pegar o peixe. Na extremidade de cada vara havia uma latinha contendo algumas pedras. Quando um peixe mordia a isca, o pescador era avisado pelo barulho produzido pelas pedras na latinha. Assim ele ia a noite toda socorrendo as armadilhas, retirando os peixes e substituindo as iscas dos anzóis. A pesca para Parabá era mais um lazer que uma profissão. Amava o que fazia. Apesar disso, sabia que estar ali sozinho era algo realmente perigoso. Há pouco tempo um pescador conhecido de Parabá foi morto e estraçalhado por uma onça pintada. Talvez fosse por isso que Parabá não gostava muito dos turistas. Dizia que os guias fazem sucesso quando colocam um barco de turistas frente a frente com uma onça pintada só para eles fotografarem. O problema é que para isso os guias atiram pedaços de carne às margens do rio para atrair as onças que com o passar dos tempos passam a associar o barulho dos motores dos barcos à comida fácil. Dessa forma, toda vez que o animal ouve um barco se aproximando, pensa que se trata de comida e vem rapidamente para abocanhar o seu prêmio enquanto desfila para as câmeras frenéticas dos admiradores. Mas isso deixa os pescadores em sérios apuros ao se aproximarem dos barrancos.

Naquela noite Parabá estava com sorte. Caíram em suas armadilhas nada menos que três grandes cacharas e dois barbados. Parabá estava satisfeito. Se continuasse assim ele poderia faturar um bom dinheiro naquela semana. Ficaria por ali uns cinco dias pelo menos, afinal havia levado bastante gelo e tinha quatro caixas térmica, o suficiente para levar pelo menos mil quilos de peixe. E se o rio estava favorável, não podia perder tempo.

Durante o dia, Parabá aproveitou para descansar um pouco. Mais tarde, comeu um pirão de bagre fresco ensopado e depois foi consertar algumas tralhas para deixar tudo pronto para logo mais à noite.

Estava concentrado em seu trabalho e não percebeu que uma canoa se encostou ao barranco próximo ao acampamento e um pescador saltou com agilidade.

— Duduzinho, é você?

— Agó, não ta me conhecendo, Parabá?

— Ah! É que eu estava tão concentrado aqui que nem notei sua canoa chegando.

— Eu percebi. E o peixe, ta saindo?

— Ta até bom, rapaz! Já apanhei alguns. Mas vamos chegar pra cá. Não quer comer um ensopado? Ainda está quente.

— Eu vou aceitar. Estou faminto.

— E você? Já matou algum peixe?

— Já. Essa semana ta bom pra pegar. Os cardumes estão subindo.

— Pretende subir seguindo o cardume?

— Pretendo sim. Além do mais, aí pra baixo tem um enorme barco de turistas. Nem adianta ir pra lá. Eles fazem muito movimento e espanta tudo.

— São pescadores?

— Acho que não. Um pessoal esquisito, só vendo.

— É, aqui nesse fim de mundo você vê de tudo.

— Rapaz! Esse pirão está com uma cara boa— disse Duduzinho levantando a tampa do caldeirão ainda sobre o fogão de lenha com o que restou do fogo.

— Fique à vontade. Eu já comi o bastante.

Duduzinho comeu o ensopado de bagre com farinha de mandioca, tomou um copo de café e em seguida se levantou para ir embora.

— Ainda ta cedo, Dudu — disse Parabá.

— Vou indo. Ainda tenho que remar um pouco — disse Duduzinho. — Deus lhe pague pelo ensopado — continuou.

— Amém. Daqui a pouco eu também vou começar a colocar isca nos anzóis.

Parabá voltou a se sentar para terminar de ajeitar suas tralhas de pesca.

Começou a escurecer e os pernilongos estavam voando por todos os lados. Parabá abriu a bolsa e pegou o seu repelente que era natural, feito de própolis para não afugentar os peixes, e passou por todo o corpo. Em seguida entrou na canoa e começou a remar de forma melancólica. Havia uma pequenina fenda no casco e com isso tendia a acumular um pouco de água no fundo, que ia aumentando gradativamente, obrigando o pescador a cada certo tempo apanhar a coité e retirar a água devolvendo-a ao rio. Nessa hora sempre se lembrava que precisava consertá-la, talvez com um pouco de betume. Remou em direção a margem oposta até alcançar a primeira armadilha. Colocou a isca e partiu em direção à próxima, que estava poucos metros adiante. E foi assim até que todos os anzóis ficaram prontos. Agora era só esperar.

Não demorou muito e o silêncio da noite foi quebrado pelo barulho de uma das latinhas. Parabá acudiu depressa. Era um enorme pintado. Retirou o peixe com uma incrível habilidade, enquanto outra latinha dava o alarme de que havia peixe fisgado. Não se pode demorar porque as piranhas são rápidas.

O dia estava clareando quando Parabá avistou alguma coisa que vinha rodando rio abaixo. Remou o mais rápido que pode, pois estava na margem oposta.

— Mas aquilo é a canoa de Dudu — disse consigo mesmo. — O que teria acontecido?

Quando se acercou da canoa, notou que havia alguma coisa em seu interior. Era Duduzinho. Estava rígido no fundo da canoa. Parabá não queria acreditar no que seus olhos viam. Mas o que teria acontecido?

Parabá arrastou a canoa até o acampamento e então verificou o cadáver. Estava todo arroxeado. Talvez tivesse sido alguma cobra venenosa, eram abundantes na região. Teria subido em algum barranco e provavelmente picado ou quem sabe ela teria vindo rodando em algum camalote de aguapé. Uma cascavel certamente. A picada dessa peçonhenta é fatal.

Em poucos minutos a vítima já está morta. Mas não havia nenhuma marca no corpo.

— E essa agora — disse Parabá consigo mesmo. — Terei que levá-lo para a cidade.

Cobriu o corpo com uma lona plástica preta, amarrou a canoa à lancha e partiu para a cidade.

A chegada de Parabá no Porto da Colônia causou certo reboliço. Não era dia ainda de voltar. Estava triste como nunca o tinham visto.

— Voltou cedo — disse Zé do peixe vindo em sua direção. — Aconteceu alguma coisa Parabá?

— Infelizmente Zé.

— Mas o que foi? — Insistiu Zé do peixe.

— O Dudu já não está entre nós.

— E onde ele está?

— Debaixo daquele plástico, na canoa.

— Meu Deus! — Exclamou Zé do peixe caminhando na direção da canoa.

— É melhor não mexer com ele — disse Parabá — chame a polícia.

Assim que a polícia chegou Parabá foi ao encontro do policial para lhe explicar o ocorrido.

— Eu o encontrei assim, bem de manhãzinha. Vi a canoa rodando e a peguei.

— Ele já estava morto? — Indagou o policial puxando a canoa para a prainha.

— Tava sim senhor. Tava todo preto que nem carvão. Quase não o reconheci.

Quando o policial levantou a lona, um terrível mau cheiro tomou conta do lugar e todos ficaram horrorizados. Era um cadáver em avançado estado de decomposição já aparecendo os ossos. Não era possível.

— O que significa isso? — Perguntou o policial que também parecia estar assustado.

— Eu não posso entender. Hoje de manhã o corpo estava perfeito, ainda fresco. — Disse Parabá sem acreditar no que via.

— O senhor terá que vir comigo à delegacia, essa história está mal contada.

— Claro, eu vou sim — respondeu Parabá.

Retiraram o cadáver da canoa e todos seguiram para a delegacia. Na colônia, alguns pescadores ainda ficaram falando sobre o assunto. Aquele seria o fato da semana para ficarem discorrendo nas calmas do dia.

Na delegacia

— O nome do senhor?

— Antônio Parabá.

— Profissão?

— Sou pescador.

— Idade?

— Sessenta anos.

— Muito bem, seu Antônio, eu vou fazer umas perguntas e o senhor me responda — disse o delegado Dr. Junqueira.

— Sim senhor.

— O senhor conhecia o morto?

— Conhecia sim senhor, Duduzinho era bom companheiro.

— Ele pescava há muito tempo?

— Pescava sim. Ele era pescador sim senhor.

— O senhor tinha alguma bronca com ele?

— Não senhor. Não tinha não. Duduzinho era bom amigo, não fazia mal a ninguém.

— Então o senhor não conhece ninguém que tivesse motivo para matar o Sr. Durval?

— Não senhor.

— E como disse que o encontrou?

— Estava na canoa, deitado. Estava todo preto.

— Já cheirava mal?

— Não senhor, estava fresco ainda.

— E quando foi isso?

— Ontem pela manhã.

— O senhor está mentindo! — Gritou o delegado batendo na mesa.

— Não senhor, é verdade, anteontem eu o vi no acampamento. Ele comeu um ensopado que eu fiz e saiu pra pescar.

— Isso é impossível. Esse homem deve ter morrido há pelo menos uns vinte dias.

Parabá nada respondeu. Olhava a sua volta, preocupado com o rumo que as coisas tomavam. Não estava ficando nada bom para o seu lado. Podia sentir isso. Era um homem experiente. Possuía aquela sabedoria que só o tempo proporciona.

— O que o senhor deu a ele na comida, veneno? — disse o delegado voltando à carga.

— Não senhor. Era só um pirão de bagre.

— Escute, eu não sou bobo — esbravejou o delegado. — O senhor está querendo me enrolar, tenho certeza de que sabe alguma coisa e está a me esconder.

Nesse momento entra um policial na sala e diz ao delegado:

— Dr. Junqueira, o senhor não vai acreditar! Esse homem aí é pai daquele menino que está arrolado como testemunha daquele outro corpo encontrado perto do rio.

— Mas então realmente tem alguma coisa aí. Faz o seguinte, vai buscar aquele moleque, ele tem mais a dizer.

— E o que fazemos com o seu Antônio? — Perguntou o policial.

— Tranque-o por enquanto.

— Está bem — respondeu o policial pegando Parabá pelo braço e conduzindo-o para a cela.

Parabá ainda não acreditava no que estava acontecendo. No dia anterior estava com sorte grande na pesca e agora se via em uma enrascada dessas que parece que o destino nos prepara. Parecia não haver para ele nenhuma saída. Tentou manter a calma. Não adiantava nada entrar em desespero.

Mais tarde, um policial chegou conduzindo Tuca. O delegado sendo avisado veio imediatamente para interrogá-lo.

— Você é filho do seu Antônio Parabá?

— Sou sim — respondeu Tuca.

— Então, já deve saber que o seu pai está detido aqui.

— To sabendo.

— Muito bem, o que você sabe sobre essas duas mortes?

— Sobre as mortes? Eu não sei de nada. Porque eu deveria saber?

— É você quem vai me responder isso — disse o Dr. Junqueira.

— Mas como eu vou dizer uma coisa que eu não sei?

— Preste atenção! Aquele morto que você diz ter encontrado, parece ter morrido da mesma forma que esse de agora — disse o delegado. — Você não acha muita coincidência que você e seu pai tenham encontrado os dois?

— Eu não sei de nada.

Nesse instante, outro policial entra na sala apressadamente.

— Com licença senhor, tem um rapaz aí fora que diz ter reconhecido o outro morto. Parece que é parente dele.

— Interessante. Mande-o entrar depressa — disse o delegado.

O policial saiu e voltou acompanhando o rapaz.

— Sente-se aí rapaz. Quero falar um pouco com você — disse o delegado.

Arrastou a cadeira se aproximando do rapaz, perguntando-lhe o nome enquanto lhe estendia a mão.

— Meu nome é Cláudio Pereira Artiaga.

— Como vai Cláudio?

— Vou vivendo.

— Cláudio, como você reconheceu o cadáver? Estava irreconhecível.

— É verdade, mas ele estava usando uma pulseira de aço e a mesma roupa que estava da última vez que o vi — disse Cláudio.

— E quando foi isso? — Perguntou o delegado com um brilho nos olhos.

— Creio que foi no dia anterior ao que ele foi encontrado morto.

— Não! Não pode ser, acho que vocês estão querendo me enlouquecer. Não pode ser!

— Mas é verdade senhor. Eu também me surpreendi que o tivessem encontrado assim, por isso me demorei em ir fazer o reconhecimento do corpo.

— Por que você supôs que fosse ele?

— Bom, senhor, deixe-me explicar. Ele era meu primo. O nome dele era Justiniano, mas era mais conhecido como seninha. Ele era viciado em drogas e para manter o vício praticava pequenos furtos.

— Como a bicicleta dos meninos? — Interrompeu o delegado.

— Isso mesmo. Ele sempre passava em minha casa quando estava com fome. A mãe dele, minha tia, não se importava mais com ele. Acho que preferia mesmo é encontrá-lo morto qualquer hora dessas.

— E foi o que aconteceu — disse o delegado.

— Sim senhor. Naquele dia ele passou lá em casa e não quis comer. Disse que não estava bem. Estava com muita febre, mas não quis tomar nenhum remédio.

— Notou se ele estava com a bicicleta dos meninos?

— Notei. Ele estava com ela sim. Eu me lembro.

— Sabe se ele conhecia esse tal de Tuca ou Antônio Parabá?

— Eu creio que não, ele era *vida louca*, não se apegava a ninguém.

— O que você acha que pode ter acontecido com ele?

— Eu penso que é alguma droga nova que ele andava usando. Já ouvi dizer que tem uma tal de *crocodil* que come a carne da pessoa em vida. Sei lá.

— Já ouvi falar dessa droga, mas não tenho notícias dela aqui em Cáceres.

— Bom, é tudo que eu sei. Espero ter ajudado — disse Cláudio.

— Alguma vez ele disse onde conseguia as drogas para usar?

— O senhor sabe, boca aqui em Cáceres tem mais que bar. Mas ele sempre falava em um lugar conhecido como Cracolândia, acho que fica na Cavalhada. Parece-me que lá tem um tal de Baianinho que é dono de uma boca.

— Ta certo Cláudio, você ajudou muito.

— Eu espero que o senhor consiga descobrir algo mais.

— Vamos descobrir sim. Você pode ir agora. Se lembrar de mais alguma coisa me procure.

— Ta legal delegado. Até mais então.

Cláudio saiu e o delegado voltou a fitar Tuca.

— A coisa é mais complicada que pensei — disse o delegado. — Por enquanto você pode ir. Seu pai ainda vai permanecer detido aqui até esclarecermos algumas coisas.

Tão logo Tuca saiu da sala do delegado, um policial entrou.

— Doutor, tenho algumas novidades.

— Vamos, fale logo então.

— Veja isso — abriu um envelope e retirou um *ticket de* mercado. — Isso estava no bolso do cadáver.

— E o que tem isso?

— Olhe a data doutor.

— Mas isso foi no dia anterior à data em que foi encontrado — disse o delegado ao examinar atentamente o pequeno papel.

— É isso doutor, parece que estão falando a verdade com relação à data da morte do rapaz.

— Isso é muito estranho. Tem que haver alguma explicação — disse o delegado pensativo. — Chame mais dois homens e vá até a Cracolândia. Quero o Baianinho aqui. Preciso interrogá-lo.

— Sim senhor, vamos agora mesmo — disse o policial já saindo da sala.

A morte de Baianinho

Samuca e Pedrinho estavam saindo da escola quando encontraram Tuca no portão esperando por eles.

— Tuca? — Disse Pedrinho parecendo assustado.

— Fala aí, pessoal. Olhe só, estou em apuros, preciso da ajuda de vocês.

— Pode crer Tuca, sabe que pode contar com a gente — respondeu Samuca.

— Valeu galera. É o seguinte, meu velho está em cana, ele é inocente, precisamos ajudá-lo.

— Mas o que vamos fazer? — Perguntou Pedrinho.

— È o seguinte, ta rolando uma parada sinistra e estão achando que meu velho tem alguma coisa a ver, mas eu conheço o coroa e sei que ele ta de bobeira nessa.

— Tá, e daí? — Indagou Pedrinho.

— Daí que precisamos descobrir o que ta pegando e tirar o velho da cana.

— Isso não vai ser nada fácil — disse Pedrinho.

— Pode crer que não. Mas precisamos fazer alguma coisa.

— E você tem alguma ideia? — Perguntou Samuca.

— Tenho sim Sam. Primeiro vamos procurar a tal dona Maria. Acho que ela vai nos ajudar.

— Vamos então — disse Pedrinho.

Os três amigos partiram em direção ao bairro São Miguel onde dona Maria Morava. Ficava próximo à colônia dos pescadores.

— Acho que é aqui — disse Tuca conferindo o endereço.

— Vamos bater palmas então — disse Samuca.

Logo saiu à porta aquela senhora que Tuca já havia conhecido em sua casa.

— Boa tarde dona — disse Tuca.

— Boa tarde, vocês querem alguma coisa?

— A senhora não deve estar se lembrando de mim. Eu sou o Tuca, filho do seu Antônio Parabá.

— Ah, sim, vamos entrar um pouco — disse dona Maria com um sorriso.

Todos entraram e se sentaram em um confortável sofá na sala.

— Como está o seu pai Tuca? Eu soube da morte do Dudu, eles eram tão amigos.

— É sobre essa parada aí dona, meu pai ta em cana por causa da morte do seu Dudu.

— Mas que absurdo, será que estão achando que ele tem alguma culpa?

— Parece que sim dona, só que não. Meu pai nunca faria uma coisa dessas.

— Eu sei. Pode deixar. Vou arranjar um advogado para tirar o seu pai de lá o mais depressa possível.

— Certo. Obrigado então — disse Tuca.

— Seu pai é um homem muito correto e é meu parceiro na minha campanha. Eu não vou deixá-lo lá.

— Beleza. Nós vamos andando porque temos que agir umas paradas ainda — disse Tuca se despedindo e saindo para a rua.

— E agora Tuca, para onde vamos? — Perguntou Pedrinho.

— Vamos procurar informações sobre um tal de Baianinho, é um cara que tem uma boca lá na Cavalhada.

Seguiram em direção à Cavalhada, mas nesse momento, os policiais civis estavam já no local para prender o Baianinho.

— Baianinho! — Gritou um dos policiais à porta do barraco.

Depois de gritar pela terceira vez sem haver resposta, um dos policiais com a arma empunhada, deu um ponta pé na porta e entrou no barraco.

Havia uma mulher e três crianças dentro do barraco, estavam todos muito assustados.

— Cadê o Baianinho? — Perguntou um dos policiais.

— Eu não sei — respondeu a mulher que permanecia de cabeça baixa.

— Vamos dar uma geral aqui — disse outro policial. Reviraram o barraco e encontraram uma pistola, munição e vários pequenos pacotes de drogas, o suficiente para justificar a invasão do barraco.

— Vamos dar uma varredura na área, ele não pode estar muito longe.

Saíram ante o olhar curioso de alguns moradores e começaram a percorrer rua após rua. Um pouco adiante, se depararam com uma viatura da polícia militar que vinha em alta velocidade, com a sirene ligada. Interceptaram a viatura para saber o que se passava.

— Parece que houve um homicídio — respondeu o policial militar.

— Aqui por perto? — Perguntou o policial civil.

— Conforme informes o local é logo ali na frente — disse o policial militar.

Chegaram a uma casa onde havia uma aglomeração de pessoas. Os policiais abriram uma passagem entre os curiosos e lá estava um homem estirado no chão, todo ensanguentado.

— Droga! Olha só — disse o policial civil.

— Era o nosso homem?

— Sem dúvida é o Baianinho.

— Mas quem o teria matado?

— Com certeza alguém que não queria que ele piasse.

— O delegado vai ficar uma fera.

— Vai, mas o que podemos fazer?

Como ninguém havia visto nada, os policiais retornaram para a delegacia enquanto os policiais militares faziam os procedimentos de praxe.

Os meninos também ficaram sem saber o que fazer, quando ficaram sabendo que Baianinho estava morto.

— Por essa eu não esperava — disse Tuca olhando para Pedrinho.

— E agora Tuca? Como vamos fazer para provar a inocência do seu pai? — Perguntou Pedrinho.

— Não sei. Acho que voltamos á estaca zero — respondeu Tuca. — Vamos voltar para casa, se alguém tiver alguma novidade ligue o mais rápido que puder.

Um lobisomem nas ruas

A situação na colônia estava um pouco mais calma e o ambiente andava meio triste com a morte de Duduzinho e a prisão de Parabá. Dona Maria estava lutando para conseguir a sua liberdade, mas a seriedade com que o delegado estava encarando o problema fez com que conseguisse manter a prisão preventiva do pescador. Com isso, a situação ficava apertada para dona Maria a apenas trinta dias das eleições. João Bugre via isso como uma vantagem a seu favor e corria atrás de simpatizantes para conseguir apoio. Não aceitava perder para uma mulher.

Enquanto isso, um encontro um tanto suspeito acontecia do lado de fora da colônia.

— Trouxe o dinheiro?

— Claro senhor, está tudo aqui na maleta.

— Ótimo. É o seguinte, vá até o ponto e entregue esse dinheiro ao águia. Há um carregamento pronto, traga e embarque na chalana e leve ao lugar combinado.

— Tudo certo, pode deixar com agente.

— Tome todo cuidado, a prisão de Parabá pode nos favorecer por um lado, mas está causando muita especulação e isso não é bom.

— Pode ficar tranquilo, será como sempre foi.

— Está certo. Pode ir então.

Um dos homens saiu vagueando pelas ruas escuras e esburacadas enquanto o outro voltou ao interior da colônia.

— Onde o senhor estava seu João? — Perguntou um pescador simpatizante. — Procurei o senhor por todo lado.

— Estava resolvendo um problema, nada sério.

— O senhor já sabe quem está de volta à cidade?

— Não, quem é?

— O Badeco.

— O Badeco? Não acredito.

— Pois sim. Chegou ontem.

— Esse sujeito é corajoso. Não estava na Bolívia?

— Estava, mas já está dando as caras por aí.

— Espero que não arranje confusão. E o Parabá, sabe alguma coisa?

— Ainda está preso. O que o senhor acha que vai acontecer com ele?

— Não sei. Por mim ele apodrece lá.

Estavam conversando quando chegou o Silva, um cabo da reserva do Exército, especialista em espalhar notícias. Andava sempre em uma bicicleta antiga e velha, cuja cor não dava mais para definir. Ele mesmo era tão velho quanto a sua bicicleta. Gostava de contar vantagens, dizia que andava de bicicleta porque gostava, mas que o dinheiro estava bem guardado. Quando tomava uns goles, gostava de mentir que já tinha participado da guerra. Fazia sempre questão de andar com uma camiseta de uniforme onde estampava o nome bordado "Cabo Silva".

— Ora se não é o nosso sargento Silva — disse seu João Bugre.

— Boa noite seu João — respondeu Silva apeando da bicicleta com um sorriso. Gostava quando alguém lhe chamava de sargento.

— E as novidades Silva?

— Pois é seu João, o negócio ta feio, mas fazer o que? Temos que viver. Eu ouvi dizer que vai sair um aumento pra nós, se vier eu to solto — disse com certo ar de vencedor. Falar sobre o seu salário era o assunto preferido.

— Que bom Silva, só para nós que não sai nada. Entra ano e sai ano e a coisa não melhora.

— Essa é a corrupção seu João, com essa roubalheira dos políticos não sobra nada pro povo. Mas pelo menos estamos vivos. Já meu amigo Amâncio não teve a mesma sorte.

— O que houve com ele?

— É um negócio difícil até de entender. Acharam ele morto, mas tava feio demais da conta.

— Como assim feio Silva? Explique esse negócio.

— Ah, sei lá, parece que já estava só o esqueleto.

— Que terrível! E onde foi isso?

— Ele tinha um rancho de pesca aí pra baixo. Tinha descido prá lá há poucos dias. Credo! Isso pra mim deve ser coisa do tal de chupa cabra ou lobisomem.

Seu João soltou uma gargalhada.

— Desculpe Silva. Chupa cabra, Lobisomem, e você acredita nessas coisas?

— Se eu acredito? Vou dizer uma coisa, seu João, não só acredito como já vi um lobisomem cara a cara, com esses olhos que a terra há de comer.

— Conta essa para nós Silva — disse o pescador.

— Vocês podem não acreditar, mas um dia eu estava de serviço na guarda do quartel. Estava em uma guarita na parte dos fundos. Era uma noite muito escura. Ouvi um barulho e fiquei atento. Quando é fé, apareceu na minha frente aquele enorme bicho peludo, os olhos pareciam chamas de fogo, saía fumaça da venta do bicho.

— Você deve ter borrado as calças Silva — disse João soltando uma gargalhada.

— Nunca tive medo de nada — respondeu Silva encarando primeiramente seu João e depois o pescador, como se quisesse convencê-los de que falava a verdade.

— E o que aconteceu? — Perguntou o pescador querendo saber o desfecho da história.

— O que aconteceu? Pois bem, eu sei que bala não entra no couro desse bicho, a não ser que seja de prata. Então, benzi o corpo e gritei com ele: — Sai daqui! Aqui não tem nada pra você! O bicho se virou, me encarou por um tempo e depois saiu em direção à capoeira, soltando uns grunhidos terríveis de se ouvir. Confesso que senti um arrepio, mas foi só isso.

— Então o senhor acha que um lobisomem devorou o seu amigo?

— Eu penso que sim. E se tiver um lobisomem solto por aí, logo vai ter outros mortos.

— Ave Maria! To fora. — disse o pescador.

Silva tomou uma xícara de café, montou em sua bicicleta e foi embora. Com certeza ainda ia passar em outros lugares onde pudesse encontrar alguém disposto a ouvir as suas histórias.

No dia seguinte, havia certo alvoroço na cidade. Em todo lugar se ouvia alguém contando sobre a misteriosa morte. No bar de Pedrão era o assunto que corria de mesa em mesa.

— Dizem que foi um lobisomem — dizia um.

— E foi mesmo, o pai do Armandinho escapou por pouco. O bicho o perseguiu até em casa. Teve que correr muito para escapar — dizia outro.

— O delegado sabe. Está escondendo do povo para não haver tumultos. Mas o lobisomem já matou uns cinco — dizia ainda outro.

E as notícias iam se espalhando cada vez mais. A cada roda de conversa os mortos aumentavam.

É claro que o delegado não engolia essa história de lobisomem, mas o fato de aparecer mais um morto nas mesmas condições dos dois anteriores afastou a suspeita que havia sobre Parabá e o Dr. Junqueira não teve outro recurso senão libertá-lo.

— O senhor está livre, seu Parabá — disse o delegado.

— Não sou mais suspeito?

— Por enquanto não. Mas alguma coisa muito estranha está acontecendo.

— Bom, mas isso é o senhor que deve de investigá — disse Parabá apanhando suas coisas.

— Estamos trabalhando seu Parabá. Logo daremos uma resposta à população. Lamento que o senhor tenha ficado aí todos esses dias.

— Olhe doutô, eu tenho essa idade que o senhor ta vendo, nunca fiz o mal a ninguém. Agora tive que passá por isto.

— Eu sinto muito seu Parabá, mas não tinha outro jeito, o senhor era o único suspeito.

— Pois eu digo doutô, se eu fosse rico ou estudado, duvido que tinha ficado trancado aí. Mas Deus haverá de fazer justiça por mim.

— O delegado coçou a cabeça, não sabia o que dizer. Ficou apenas observando Parabá a se afastar.

A volta ao lar

A chegada de Parabá em casa foi motivo de festa. Dona Maria não quis deixar por menos e mandou preparar um churrasco na casa do pescador para comemorar a sua liberdade. Tuca convidou Pedrinho e Samuca para participarem. Samuca estava muito alegre porque o delegado havia restituído também a sua bicicleta. O clima de festa só foi quebrado quando Pedrinho chegou ao portão acompanhado de seu irmão Badeco.

— Tuca!

— O que é pai?

— Esse rapaz está na cidade de novo? Eu já não te disse que...

— Pai não fui eu quem chamou não. Ele deve ter vindo com o Pedrinho.

— Eu não quero esse sujeito aqui na minha casa.

— Deixa o cara pai, ele não vai fazer nada.

O clima ficou um pouco ruim e Badeco percebeu. Pensou em voltar, mas decidiu enfrentar. Levantou a cabeça e foi até onde Parabá estava a encará-lo.

— Bom dia seu Parabá.

— Dia!

— Eu soube o que fizeram com o senhor.

— Eu estou bem! Como você pode ver.

— É muito ruim quando somos acusados de uma coisa que não fizemos não é seu Parabá?

— É ruim sim. Mas aonde você quer chegar?

— Em nenhum lugar seu Parabá. Só dizer que às vezes somos acusados sem dever e nem temos a chance de nos defender. Todos já nos julgam culpados.

— O que você quer dizer com isso?

Que eu assim como o senhor fui uma vítima. Armaram para mim e eu não pude ficar para me defender porque todos já tinham me condenado. Eu não tinha a mínima chance.

— Mas quem armou para você?

— O senhor logo vai ver. Vou provar a minha inocência pra todo mundo. Eu voltei para isso.

— Tome cuidado rapaz. O delegado ainda está te procurando por aí. Se souber onde você está virá imediatamente.

— Está certo seu Parabá. Eu só passei para cumprimentá-lo.

— Já que está aqui, fique rapaz, é meu convidado agora — disse Parabá parecendo mais amigável.

— Não, o senhor está certo, não devo me arriscar. Eu preciso estar livre para provar minha inocência e pôr os verdadeiros bandidos na cadeia.

— É assim que se fala. Mas por que não procura o delegado e conta tudo que sabe a ele?

— Pense seu Parabá. O senhor é uma pessoa de muito respeito, todo mundo conhece o senhor, mesmo assim, eles acreditaram no senhor?

— Nisso você tem razão, nossa palavra não vale nada pra lei. É só a deles que tem valor.

— É o que eu também penso seu Parabá. Se eu der com a cara lá, a primeira coisa que eles vão fazer é me trancar. Depois eu terei que contar com a sorte, igual o senhor.

— Tá certo. Você me convenceu rapaz. Vá com Deus então e tome cuidado.

Badeco se afastou a passos rápidos. Era um rapaz jovem ainda, pouco mais velho que Tuca e Pedrinho. Haviam se criado praticamente juntos e sempre havia frequentado a casa de Parabá, mas um dia, desapareceu com o malote de valores da empresa que trabalhava. Posteriormente encontraram a mochila que ele sempre carregava consigo e nela encontraram certa quantidade de pasta base de cocaína. Desde então desapareceu e nunca mais foi visto. Havia informações de que ele estaria morando em um pequeno povoado boliviano nas imediações de San Matias.

O churrasco seguia animado sem mais interrupções, dona Maria até fez um discurso em homenagem a Parabá.

— Meus amigos, hoje estamos todos aqui para comemorar a liberdade de seu Parabá. Finalmente a justiça percebeu o engano que estava cometendo ao manter esse homem de bem, preso. Por isso damos as boas vindas ao seu Antônio Parabá, que está de volta ao seu lar.

— Eu a agradeço dona Maria. E também a todos os meus amigos que torceram por mim. Não tem lugar melhor que a casa da gente. Pode ser um barraco pobre, mas ainda é melhor que a prisão.

— É verdade seu parabá, é isso mesmo!

— Agora vamos lutar para pôr a senhora na presidência da colônia.

— Nós vamos vencer essa batalha seu Parabá. Agora com o senhor de volta eu estou mais confiante.

— Então temos que começar a trabalhar dona Maria, não podemos perder tempo.

— Eu estava exatamente pensando nisso, seu Parabá. Eu trouxe uns projetos para o senhor dar uma olhada e dar algumas sugestões. Vou pegar no carro.

Alguns minutos depois, dona Maria voltava um pouco desapontada do veículo.

— Desculpe-me seu Parabá, acho que eu esqueci os papéis em casa. Eu vou até lá buscar e volto em um momento.

— De jeito nenhum, dona Maria, deixe que o Tuca vá buscar, enquanto isso vamos seguir falando sobre os projetos e comendo churrasco.

— Será que não vai ser incômodo pro rapaz?

— Que nada, essa rapaziada é cheia de energia — disse Parabá levando a mão à boca e gritando por Tuca.

Tuca estava conversando em um canto afastado, em companhia de Pedrinho e Samuca. Ouviu seu pai chamar-lhe e foi até ele.

— O que é pai?

— Dona Maria precisa de um favor seu.

— Tuca, você já sabe onde é a minha casa, não é?

— Sei sim dona.

— Será que você pode ir até lá pegar uns papéis para mim?

— Posso sim dona, tem alguém lá?

— Tem sim. A minha sobrinha está lá, o nome dela é Sebastiana. Peça para ela pegar uns papéis que deixei em minha cama e me mandar.

— Pode deixar dona, daqui a pouco estou de volta com esses papéis.

Tuca voltou até onde estavam os amigos inseparáveis e comunicou que teria que sair um pouco.

— Se vocês quiserem podem ficar aí di boa, eu volto rapidão.

— Qual é Tuca? Nós vamos lá também — disse Samuca.

— Então demorô, vamos nessa — respondeu Tuca apanhando a bicicleta.

— Chegando à casa de dona Maria, bateu palmas. Não demorou, a maçaneta da porta girou e uma figura feminina surgiu deixando Tuca totalmente desconcertado.

— Pois não?

— Eu... eu... dona Maria...

— A moça sorriu vendo o rapaz se atrapalhar e tentou ajudar.

— Olhe, a minha tia não está. Você queria falar com ela?

— Não! É com você mesma.

— Ah. Você quer falar comigo?

— Não!

— Não?

— Quero dizer, sim. É que a dona Maria está lá em casa.

— Entendi, você deve ser o filho do seu Antônio.

— Isso mesmo, então, ela me pediu para vir aqui buscar uns papéis, disse para você pegar em cima da cama dela.

— Claro, eu vou pegar. Não quer entrar um pouco?

— Não, obrigado, a demora é pouca. Dona Maria está esperando os papéis.

— É você que é o Tuca?

— Ao ouvir o seu nome pronunciado por aqueles lábios, Tuca pensou que devia estar sonhando.

— Sou sim — respondeu. — E você de ser Sebastiana, a sobrinha de dona Maria.

A moça apenas sorriu para Tuca e se virou rapidamente desaparecendo corredor adentro, acompanhada pelo olhar de Tuca que lutava para não a perder de vista.

Voltou rapidamente com os papéis na mão, os quais entregou a Tuca, sempre com um sorriso encantador nos lábios, deixando se ver os dentes perfeitos e brancos. Os longos cabelos lisos e pretos lhes escorriam pelos ombros.

— Por que não vai lá na minha casa? Estamos comemorando a volta do meu pai.

— Eu sei, minha tia me falou, mas não posso, estou cuidando a casa. Quem sabe outro dia.

— Claro, pode ser.

— Então até qualquer hora — disse Tuca.

— Certo, tchau Tuca.

Tuca ao sair no portão, parecia estar hipnotizado, tinha o olhar perdido no vazio, como se estivesse muito distante dali. Seus pés flutuavam. Apanhou a bicicleta em silêncio, olhou novamente para a porta, agora fechada, fitou-a por um instante como se quisesse ver através dela. Algo muito estranho estava acontecendo dentro dele. Sentia o coração sair-lhe à boca.

— Você está legal, Tuca? — Perguntou Pedrinho.

— É, você está muito esquisito — completou Samuca.

— Véi, eu pensei que a sobrinha da dona fosse uma menininha qualquer, só que não. Caraca! Vocês tinham que ver que princesa.

— Fala sério — disse Pedrinho.

— Cara! Eu acho que pintou alguma coisa, ela ficou vidrada na minha — disse Tuca com certo ar de convencimento.

— Ih, olha só o cara ficou boladão mesmo — disse Pedrinho.

— Pode me tirar cara, mas eu to di boa entendeu? — Disse Tuca confiante.

Chegando a casa, Tuca entregou os papéis à dona Maria e os três amigos voltaram para o mesmo canto onde estavam anteriormente e continuaram conversando assuntos corriqueiros.

Um lobisomem cacerense, só que não, por Daniel Genuino

A morte do Maneco

Na delegacia, o Dr. Junqueira tentava juntar as peças do imenso quebra-cabeça, na tentativa de solucionar o mistério das mortes. Havia estado tão perto de resolver o caso e agora parecia ter voltado á estaca zero. Não sabia por onde começar as buscas. Os peritos não encontraram nada nos cadáveres que apontasse uma solução. Agora para piorar a situação, havia uma histeria coletiva em torno da lenda do lobisomem.

— Queria pelo menos uma pista que me ajudasse a resolver esse mistério. Tem que haver alguma ligação entre essas mortes — disse o delegado a um policial.

— Se pelo menos tivéssemos capturado o Baianinho vivo — respondeu o policial.

O telefone tocou e uma voz abafada, como se quisesse disfarçar, falou ao telefone.

— É da polícia?

— É sim. Quem está falando, por favor?

— Eu não quero me identificar agora, mas tenho uma informação muito importante.

— Pode falar, estou ouvindo.

— É o seguinte, tem um carregamento de drogas chegando hoje lá na ponte. Se vocês quiserem prender os traficantes precisam estar lá à meia noite de hoje.

— Como você sabe disso? Alô, alô...

— O que foi? — Perguntou o Dr. Junqueira ao policial.

— Um sujeito que não quis se identificar, disse que vai chegar um carregamento de droga hoje á meia noite lá na ponte.

— Vamos checar, pode ser quente — disse o delegado.

A noite estava muito escura e uma leve garoa caía insistentemente. Dentro do veículo, o delegado e mais dois policiais montavam uma campana. O relógio avançava marcando zero hora e vinte e três minutos. Alguns barcos de pescadores passavam cruzando sob a imponente ponte Marechal Rondon, mas nenhum havia parado ali. Estariam no lugar certo? Ou a pista seria apenas mais um trote?

— Acho que foi trote — disse um dos policiais.

— Pode ser que sim, mas meu faro me diz que devemos esperar um pouco mais — disse o delegado.

Perto do local, apenas um casal de namorados trocavam carícia no interior de um veículo, mas o delegado não quis interceptá-los para não despertar a atenção e pôr em risco a operação.

— De repente, um pequeno barco sem nenhuma iluminação, se aproximou silenciosamente da margem.

— Ei! Vejam só. Pode ser ele — disse um dos policiais.

— Calma aí pessoal, pode não ser nada. Talvez, apenas um pescador chegando. Vamos checar primeiro.

Desceram do veículo e caminharam em direção ao barco, cujo piloto ainda permanecia embarcado. Mas nesse instante, o veículo que estava com o suposto casal de namorados, acendeu os faróis denunciando a presença dos policiais e em seguida arrancou em alta velocidade. Simultaneamente, o piloto do barco começou a disparar contra os policiais obrigando-os a se protegerem. Os policiais revidaram os tiros e em meio ao tiroteio, ouviu-se um grito terrível seguido de barulho na água.

— Está fugindo — gritou um policial.

— Toni, ligue os faróis da viatura, depressa — gritou o delegado.

Quando os faróis iluminaram, viram um corpo caído na água próximo ao barco.

De armas em punho, os policiais correram para o local. Parecia estar morto. Toni entrou na água, pegou o homem pelos pés e o puxou para a margem. O homem abriu os olhos, tossiu com dificuldades e soltou um gemido profundo. No peito, podia se ver uma mancha vermelha que escorria pela camisa molhada e se espalhava pela terra.

— Consegue me ouvir? — Perguntou o Dr. Junqueira.

— Sim — respondeu o moribundo.

— Como se chama?

— Ma... Mane...co.

— Por que atirou em nós Maneco? Para quem você trabalha?

— Vão... para o infer...no.

— Responda rapaz. Para quem você trabalha?

— Eu...ahhh...

— Fala maldito, fala!

— Doutor ele já se foi.

— Droga, ele tinha que falar alguma coisa.

— Vamos ver o barco Dr.

Levantaram uma lona que cobria um volume no interior do barco e lá estavam vários pacotes com as características que sempre se vê nas embalagens artesanais de entorpecentes. A informação era realmente quente. Havia pelo menos dez quilos de pasta base naquela carga.

Na colônia, a notícia da morte de Maneco deixou todos atônitos, principalmente pela forma violenta como ocorreu a sua morte. Quem poderia suspeitar que o pescador estivesse envolvido nesse negócio? As especulações tomavam conta dos curiosos e por um momento até se esqueceram do lobisomem.

João Bugre não estava nada contente com aquele acontecimento. Andava pensativo, mas uma ligação deixou-o ainda mais desconfortável.

— Alô.

— Pode falar, estou ouvindo — disse João Bugre.

— Quero vê-lo imediatamente. Acho que não preciso dizer do que se trata, não é?

— Não senhor. Vai ser no lugar de sempre?

— É lógico que não. No caminho te passo o local para onde deve ir.

— Está certo senhor.

João desligou o telefone e saiu apressadamente em direção ao veículo e em seguida saiu a toda velocidade.

Em uma chácara nos arredores da cidade era o local do encontro. Quando João chegou já estava cheio de capangas com armamentos pesados espalhados por todos os lados. Fizeram uma inspeção no veículo e liberaram.

— Pode passar, o chefe está esperando.

— Ok.

João entrou na sala e um homem cinquentão, cabeça calva, usando finas roupas e de corpo um tanto obeso lhe aguardava. Estava de costas olhando para um quadro na parede e não se virou ante a chegada de João. Apenas disse:

— Você pisou na bola com a família.

— Eu posso explicar.

— O que você vai explicar? Que deixou um membro morrer de graça? Que perdeu um carregamento inteiro? O que você vai me dizer? — Despejou o homem se virando e encarando João Bugre.

— Eu não sei como isso aconteceu.

— É claro que não sabe, é um incompetente.

— Eu não tenho culpa se a polícia estava lá esperando.

— E como acha que a polícia descobriu? Acha que o delegado estava passando por lá acidentalmente? Ou será que resolveu ir comer rosquinhas justamente ali e naquela hora?

— Eu não sei o que aconteceu, mas tenho uma suspeita.

— Então fale logo ou a sua cabeça vai rolar. O águia está furioso com você e se não aparecer um culpado adivinha quem vai pra vala?

— O Badeco.

— O Badeco? Como assim?

— O Badeco voltou.

— Isso só complica mais a sua situação. Você tinha a missão de sumir com esse sujeito e não fez o serviço direito.

— Eu sei, mas o cara sumiu pra Bolívia.

— Você já notou que sempre está arrumando uma desculpa pra tudo? E onde ele está agora?

— Eu não sei o paradeiro dele, mas está na cidade e eu vou encontrá-lo.

— Pois então dê seu jeito. Eu o quero fora do caminho e depressa.

— Eu prometo que darei jeito nele.

— Faça isso e dessa vez vê se faz bem feito.

— E como vai ser a entrega agora?

— Vamos mudar a rota por uns tempos. Você acha que Maneco que abriu o bico?

— Acredito que não ou a polícia já teria batido na minha porta.

— Agora vá e trate de se livrar do seu problema.

O lobisomem

A noite estava escura e uma lua enorme começava a despontar. Uma jovem voltava da faculdade e adentrava a um bairro de periferia onde não havia nenhuma iluminação. Já há algum tempo tinha a impressão de que era seguida. Apressou os passos. Estava quase correndo. Já estava prestes a cruzar a velha ponte de madeira sobre o sangradouro quando um vulto preto saltou a sua frente rosnando ferozmente. A jovem por pouco não desmaia de terror. Virou-se e correu tudo que pode. Ouvia o rosnado terrível após si. Avistou um bar em que havia alguns vadios jogando sinuca. Ouviram os gritos de socorro e saíram ao encontro da jovem.

— O que foi? — Perguntou um dos homens.

— Socorro! Socorro!Ajudem-me!

— Calma, está tudo bem.

A moça tremia, chorava e tinha os olhos arregalados. Os cabelos pareciam estar de pé.

— O que lhe aconteceu?

— O lobisomem moço, está me perseguindo, quase me pegou.

— Fique aqui no bar, nós vamos atrás dele.

Um grupo de homens saiu pelas ruas do bairro à procurado lobisomem. Rodearam por todos os lados e nada. Já estavam voltando quando viram algum movimento em uma casa velha abandonada.

— Esperem. Tem alguma coisa ali.

— Ei! Quem está ai?

Nesse momento, um vulto saiu correndo da casa velha, em direção a uma pequena mata. Os homens munidos de pedaço de paus partiram em perseguição. Cerca daqui, cerca dali, conseguiram capturar a criatura. Depois de diversas pauladas e gritos, alguém iluminou com uma lanterna. Era um rapaz branco, magricela, fedia muito e tinha as roupas toda rasgada e suja.

— É ele! É o lobisomem!

— Então vamos acabar de matá-lo.

— Não pessoal, é melhor entregá-lo para a polícia.

— E se ele virar o bicho novamente?

— Aí matamos.

— Deixa de ser bobo. Se virar o bicho fica forte. Ninguém pode matar. É capaz de matar todos nós.

— Não vai virar de novo, a lua já saiu. Vamos ligar para a polícia e ficamos de olho nele até eles chegarem.

— Nossa como fede!

— Deve ser por causa das carniças que ele come.

Pouco depois a polícia chegou ao local. As testemunhas contaram o que sucedeu e os policiais colocaram o rapaz que estava muito machucado no camburão.

— E a moça, onde está? — Perguntou o policial.

— Está ali no bar — disse um dos presentes.

— Vamos até lá, eu quero falar com ela.

A moça contou o que aconteceu e o policial tomando nota disse a ela que no dia seguinte fosse até a delegacia para registrar um boletim de ocorrência. Quanto ao rapaz, levaram-no para o pronto atendimento para cuidar dos ferimentos e depois conduzira-o para a cadeia.

Na manhã do dia seguinte, o rapaz estava cheio de hematomas pelo corpo, por causa da surra que tinha levado. O delegado mandou trazê-lo para um interrogatório.

— Como é o seu nome rapaz?

— É Reginaldo senhor.

— É você que anda atacando de lobisomem na cidade?

— Eu? Não senhor.

— E porque você estava assustando a moça ontem?

— Eu não assustei ninguém.

— Então não correu atrás dela?

— Não senhor, nem vi moça nenhuma.

— Está certo. Fique aqui um instante, depois eu volto a falar com você.

— Fica frio, vou ficar di boa. Eim tio, tem como descolar um pão pra mim aí? Estou com muita fome ta ligado?

— Certo. Espere aí que vou mandar trazer um café para você. Mas você vai colaborar, não é?

— Di boa tio.

— O delegado saiu balançando a cabeça com a situação. Fechou a porta e chamou a moça até o vidro que dava acesso à sala em que o rapaz estava.

— Você consegue dizer se é aquele rapaz que te perseguiu ontem a noite?

— Eu não sei, estava escuro. Vi apenas um vulto.

— Mas o vulto tinha mais ou menos o porte dele? A sua altura?

— Não senhor. Ele parecia um cachorrão enorme, com os olhos vermelhos que nem brasa de fogo.

— Então você está me dizendo que o que viu era um cachorro?

— Não senhor. Era o lobisomem.

— Mas não se parecia com aquele rapaz?

— Agora não né?

— Como assim agora não?

— É que agora ele não está virado o bicho, por isso não se parece com o que vi.

— Ah é verdade, tinha me esquecido desse detalhe — disse o delegado coçando a cabeça. — Vamos fazer o seguinte, eu vou deixar ele trancado, quando ele virar o lobisomem eu te chamo para fazer o reconhecimento — continuou o delegado com uma pitada satírica.

— Está certo delegado — respondeu a moça inocente. — Posso ir embora?

— Pode sim.

O delegado voltou à sala onde o rapaz devorava o pão como se fosse uma fera faminta.

— Me diga uma coisa Reginaldo, o que você fazia naquele lugar quando o apanharam?

— Eu sou viciado, vivo lá.

— Você sabe por que eles te espancaram?

— Sei não. Eu estava lá di boa, pá, quando ouvi alguém gritando. Fiquei meio grilado e saí correndo, aí os caras me pegaram e deu b.o.

— O que você usa?

— Uso de tudo, pasta, crack...

— Você precisa de ajuda, rapaz. Se quiser posso te encaminhar para uma clínica de tratamento.

— Não vira doutor, já passei por várias clínicas, tem jeito não, estou preso ao vício, ninguém pode me ajudar.

— Mas você sabe que se continuar assim vai morrer não sabe?

— Fazer o que? Não tem jeito.

— Você pode ir embora. Tem para onde ir? Mora aqui na cidade?

— Tenho morada não senhor. Eu vivo por ai.

— Onde estão os seus pais?

— Tenho não.

— Morreram?

— Meu pai eu nunca conheci e minha mãe não quer saber de mim.

— Eu sinto muito.

— Tem nada não doutor, eu já estou acostumado. Às vezes penso que vim a este mundo pra sofrer — disse o rapaz já saindo da sala. — Valeu pelo pão.

O delegado ficou pensativo. Tinha que lidar com essas situações. Fazia parte da sua profissão.

— O senhor liberou o rapaz doutor?

— Liberei sim Toni. Ele foi só uma vítima desse alvoroço todo que a cidade está vivendo.

— Eu tinha desconfiado.

— Esse rapaz é um pobre desgraçado vivendo como um fantasma, atormentado pela maldição do *crack*.

— Dr. Se esse boato de lobisomem não acabar logo, eu temo que alguém ainda vai acabar matando alguma pessoa inocente por aí.

— É essa história de lobisomem está mexendo com a cabeça das pessoas.

Pela tarde, o delegado foi informado da morte de uma criança em um bairro mais afastado e foi até lá para verificar a causa da morte.

— Boa tarde, eu gostaria de falar com alguém da família— disse o delegado se dirigindo a um grupo de pessoas que estava sob uma árvore a frente da casa.

— Só um momento. Eu vou chamar a dona Joana — disse um rapaz.

Alguns instantes depois, uma senhora magra, com roupas simples, saiu pela porta da frente com um lenço à mão e os olhos inchados de chorar.

— Boa tarde. É o senhor quem quer falar comigo?

— Sim. Meus pêsames senhora. É a mãe do menino?

— Sim sou a mãe. O que o senhor quer saber?

— Gostaria de saber o que aconteceu com o seu menino. A senhora pode falar?

— Posso sim. Por favor, me acompanhe.

Deram a volta na casa e adentraram pela varanda que ficava aos fundos.

— Ontem pela manhã, seu delegado, meu filho estava bem. Estava brincando alegre com os outros meninos. Mas quando foi pela tarde, começou a sentir febre e dores no corpo. Pedi a meu irmão que o levasse ao pronto atendimento e eles lhe deram um medicamento e o mandaram voltar pra casa.

— E o que disseram que ele tinha?

— Disseram que era virose, que ia passar logo. Mas os remédios não fizeram efeito e ele teve febre a noite toda.

— E por que não o levou novamente ao pronto atendimento?

— Não adianta moço, prá gente pobre que nem nós ninguém liga. A gente é tratada feito bicho, pior que os cachorros.

— E o que houve depois? Ele piorou?

— Foi sim. Hoje pela manhã, eu tinha que ir trabalhar e ia deixar minha irmã tomando conta dele. Mas quando fui até o quarto percebi que ele estava muito mal. Então o levei novamente ao pronto atendimento, mas enquanto esperava a vez de ser atendida ele...

A voz não conseguia mais sair e ela finalmente desabou no choro. O delegado a abraçou na tentativa de confortá-la. Era o desespero de uma mãe que acabara de perder um filho.

— Eu lamento muito senhora. Lamento muito.

— Meu filho está morto, eu não posso aceitar isso — dizia a mãe em prantos.

— E algum médico o examinou depois?

— Sim. Quando viram o meu desatino, pegaram o menino dos meus braços e correram com ele para dentro de uma sala. Alguns minutos depois uma enfermeira me chamou e me levou até o médico. O médico me perguntou se era a mãe do menino e eu disse que sim. Então ele me deu a triste notícia. Meu filho havia falecido.

— E o que disseram da causa da morte?

— Disseram que era só uma virose, mas que se agravou causando-lhe a morte.

— Está bem. Eu posso ver o corpo do menino? — Perguntou o delegado.

— Venha comigo.

Entraram na casa e foram até a sala onde estava sendo velado o corpo. Havia um forte odor como se algum animal morto estivesse próximo. O delegado se aproximou e olhou dentro do caixão. Era horrível de se ver. O corpo do menino se decompunha rapidamente, diante dos olhos das pessoas.

— Mas o que é isso? — Perguntou o delegado.

— Eu não sei moço. Algumas pessoas estão dizendo que ele pode ter sido mordido pelo lobisomem, mas eu não acredito. Não tinha nenhum ferimento quando começou passar mal. Deve ter alguma explicação.

— Certamente senhora. Escute, aconselho-a a providenciar para que o sepultamento seja o mais rápido possível.

— Está bem, vou pedir para o meu irmão ligar para a funerária para apressar o enterro — disse a mãe.

O delegado agradeceu a mulher pela colaboração e saiu pensativo. Aquilo tudo estava o deixando muito preocupado. Havia enviado umas amostras para um laboratório e esperava o resultado. Sabia que tudo aquilo tinha uma explicação. Aquelas mortes tinham alguma ligação. Só tinha que descobrir o elo.

Um lobisomem cacerense, só que não, por Daniel Genuino

82

Quem pegou o Badeco?

Tuca estava impaciente. Desde que conheceu Sebastiana não pensava em outra coisa. Havia estado algumas vezes na casa de dona Maria, sempre com o pretexto de levar algum recado de Parabá. Quase não ligava mais para Pedrinho e Samuca. Dona Maria já havia percebido, mas parecia não se incomodar. Havia se simpatizado com Tuca. Era um jovem valente e sincero.

Naquela manhã, Tuca tomou coragem. Estava há dias ensaiando para convidar Sebastiana para ir ao cinema. Foi até a casa de Dona Maria, bateu palmas e ficou esperando. As mãos estavam suando. Sentia o coração lhe sair a boca. Quis sair correndo, mas a porta se abriu. Era tarde demais. Tinha que seguir em frente.

— Tuca?

— Dia, dona Maria.

— Bom dia, entre — disse ela amavelmente. — Algum recado de seu pai, ou veio por outro motivo?

— Não, nenhum recado. Vim por outro motivo — respondeu Tuca bastante desconfortável.

— Eu posso adivinhar qual? — Perguntou dona Maria com um olhar sarcástico.

Tuca ficou ainda mais atrapalhado. Tinha no rosto um sorriso amarelado. Dona Maria percebendo o desconforto do rapaz evitou fazer mais comentários.

— É que eu gostaria de saber se posso convidar ela para ir ao cinema — disse por fim, sem acreditar que tinha sido capaz.

— Você pode perguntar isso para ela. Tenho certeza de que não vai enjeitar um convite desses — disse dona Maria enquanto se dirigia até a porta do quarto de Sebastiana.

— Sebastiana!

— Sim titia. — Respondeu a voz doce de Sebastiana, do interior do quarto.

Ao ouvir a voz, Tuca teve um estremecimento. Havia uma mistura de medo e emoção que tomava conta dele. Quase correu ao encontro dela. Segurou-se, no entanto.

— Olhe quem está aqui. — Disse dona Maria.

— Tuca? — Disse ela saindo-lhe ao encontro.

— Oi Sebastiana. — Disse Tuca quase sem voz.

— Tudo bem?

— Tudo. — Respondeu ele. — Eu vim ver se você não quer pegar um cineminha comigo hoje à noite.

Sebastiana olhou imediatamente para sua tia como que pedindo consentimento, a que dona Maria lhe correspondeu com um gesto afirmativo de cabeça. Ela então sorriu e disse:

— Claro que eu quero ir.

Tuca ficou tão empolgado que não sabia o que dizer.

— Então eu passo aqui mais tarde pra pegar você. — Disse por fim.

— Está certo, eu vou esperar. — Disse Sebastiana.

Despediram-se finalmente e Tuca saiu radiante de alegria. Era seu primeiro encontro. Estava tudo indo muito bem. Foi para casa e ficou contando as horas desejando que o dia passasse mais depressa.

Por volta do horário do almoço o telefone tocou. Era o Samuca.

— Tuca?

— Fala Samuca.

— Pegaram o Badeco.

— Como assim? Quem pegou?

— Não sei, uns caras, você tem que vir aqui. O Pedrinho precisa da gente.

— Ta bom. Estou indo.

Tuca foi até a casa de Samuca e de lá foram direto para a casa de Pedrinho.

— Que bom que vocês vieram galera. Eu preciso de vocês.

— O que houve cara? — Perguntou Tuca.

— O Badeco estava escondido em um barraco aqui perto. Tinha uns caras estranhos andando pelo bairro, acho que estavam procurando por ele. Hoje um cara veio correndo me dizer que viu um carro encostar na frente do barraco e saírem com o Badeco.

— E você acha que pegaram ele? — Perguntou Tuca.

— Eu tenho quase certeza. Eles vão matar meu o irmão — Disse Pedrinho.

— Então por que não chama a polícia?

— Não podemos Tuca. Meu irmão pediu que se alguma coisa acontecesse não era pra chamar a polícia, ele tem medo de ser preso.

— E o que vamos fazer?

— Vamos tentar encontrá-lo.

— Isso não vai ser nada fácil. — Disse Samuca com ar de desânimo.

— Vai dar certo sim Samuca. Tem que dar. — Disse Pedrinho.

— Então precisamos pensar. — Disse Tuca.

— Pedrinho, você disse que um cara viu alguma coisa. Vamos ver se ele se lembra de algo mais.

— Boa! Vamos lá, eu sei onde ele mora. — Disse Pedrinho.

Foram até a casa do rapaz que avisou o Pedrinho e fizeram várias perguntas.

— Você viu o rosto de algum deles? — Perguntou Tuca.

— Não prestei muita atenção, foi tudo muito rápido.— Respondeu o rapaz.

— E o carro, que carro era?

— Aí, eu não sou muito ligado nesse negócio de carro.

— Não se lembra de nada? A cor do carro, algum detalhe? — Perguntou Samuca.

— Ah! Era preto, sim era um carro preto e... espere, eu me lembrei de alguma coisa. Parece que tinha um adesivo com um peixe no vidro do carro.

— Um peixe? E tinha alguma coisa escrita? — Perguntou Pedrinho animado, cheio de expectativas.

— Sei lá cara, eu não sei ler.

— Nesse caso, acho que nem adianta perguntar se ele viu a placa não é? — Disse Samuca olhando para os outros.

— Um carro preto com um peixe no adesivo... eu já vi esse carro em algum lugar. — Disse Tuca pensativo.

— Pensa aí Tuca, você consegue. — Disse Pedrinho.

— Mas é claro! Só pode ser ele.

— Ele quem Tuca? — Perguntou Samuca.

— Eu já vi esse carro. Um dia eu estava lá na colônia com meu pai e vi o seu João Bugre chegando em um carro preto com um adesivo assim.

— Mas o que o seu João teria com isso? Ta certo que ele é meio enrolado, mas daí a sequestrar alguém? — Disse Pedrinho.

— Aquele cara não vale nada parceiro, ele deve estar armando alguma coisa.

— Suponhamos que tenha sido ele, para onde ele poderia ter levado o Badeco? — Perguntou Pedrinho.

— Venham comigo galera, eu tenho uma pista. Vamos ter que pedalar um pouco. — DisseTuca.

Em poucos minutos os meninos começaram a deixar as casas para trás, se afastando por uma estrada isolada em direção a uma região de chácaras.

— Pra onde você está nos levando Tuca, falta muito?

— É só um pensamento Sam. Uma vez, me lembro de ter vindo pra cá com meu pai, a uma chácara do seu João. Já faz muito tempo, mas acho que ainda sei onde fica.

Um pouco mais a frente Tuca fez sinal para pararem. Esconderam as bicicletas no mato. Começaram a contornar a casa com muito cuidado.

Havia uma garagem nos fundos, mas na porta, um homem fazia a segurança.

— Precisamos ver naquela garagem. Mas como vamos fazer? — Perguntou Pedrinho.

— É o seguinte galera, eu tenho um plano — disse Pedrinho. — Tuca, eu vou tentar atrair a atenção dele. Você espera ali naquele canto. Quando ele passar, bata-lhe na cabeça com um pau. Samuca! Procure alguma coisa que sirva para amarrá-lo.

— Mas isso pode não dar certo, — Disse Samuca.

— Tem que dar certo. Se não der, corram o máximo que puderem. Agora eu tenho certeza de que o Badeco está aqui. — Disse Pedrinho.

Samuca foi procurar uma corda enquanto Tuca providenciava um pedaço de pau. Não podia errar, não teria outra chance.

Pedrinho foi para um local mais escuro e começou a uivar feito um cão em noite de lua cheia. O homem ouviu e começou a caminhar vagarosamente em direção ao uivado.

— Mas que diabos é isso?

O sujeito estava tremendo de medo. Caminhou um pouco mais, parou olhando em direção ao pomar e nem se apercebeu que Tuca se aproximava. Uma paulada certeira e o homem caiu dormindo. Samuca se aproximou depressa com a corda e amarraram o sujeito. Entraram na garagem com cuidado e notaram um vulto no canto mais escuro. Era uma pessoa com um saco vestido na cabeça. Tiraram o saco e lá estava o Badeco, amordaçado e todo amarrado.

— Depressa! — Disse Tuca. — Vamos desamarrá-lo.

— Pedrinho! Que bom te ver mano. Sabia que não ia me deixar na mão. — Disse Badeco tão logo lhe retiraram a mordaça da boca.

— Temos que sair daqui depressa. — Disse Tuca.

Arrastaram o homem para dentro da garagem e saíram depressa pelo escuro.

— Como vocês me encontraram? — Perguntou Badeco.

— É uma longa história mano, depois eu lhe conto tudo. Agora temos que vazar logo daqui.

— Galera, eu devo essa pra vocês. Vou procurar algum lugar seguro para esconder-me.

— Valeu então, vai nessa cara, te cuida — disse Tuca.

Badeco em poucos segundos sumiu na escuridão. Os meninos pegaram a estrada de volta para a cidade. Tinham vivido uma perigosa aventura naquele dia.

— Caraca, véi! Nem acredito que nós conseguimos. — Disse Samuca.

— Verdade, foi muita sorte encontrá-lo tão depressa — disse Pedrinho.

— Merda, que vacilo!

— O que foi Tuca?

— O cinema com a Sebastiana cara.

— Foi mal, — disse Pedrinho. — Ela vai te entender cara.

— Tomara. Logo no nosso primeiro encontro. Não acredito.

Tuca voltou aborrecido para casa. Tentaria explicar depois para Sebastiana. Ainda não sabia como ia dizer isso. Não podia falar sobre o Badeco.

Se o dia tinha sido Longo para Tuca, a noite foi muito mais. Ficava pensando mil maneiras de se desculpar com Sebastiana, mas parece que nenhuma delas era suficiente para livrá-lo daquela situação embaraçosa. Não tinha jeito, teria que olhar no olho dela e dar tudo de si.

A eleição

Enfim, chegou o tão esperado dia da eleição. Parabá se levantou cedo, queria acompanhar todo o processo bem de perto. Estava lutando ao lado de dona Maria e não ia deixá-la só em nenhum momento.

Tuca também se levantou cedo. Tomou café e foi com Antônio Parabá para a colônia. Não que se interessasse pela eleição, mas tinha esperança de que Sebastiana pudesse ir com a tia e assim pudesse vê-la.

Havia muitas pessoas no pátio da colônia. A maioria eram pescadores. Os demais eram curiosos ou alguma pessoa que se interessava pelo desenrolar da situação, como era o caso de alguns professores da Universidade Estadual e alguns políticos em busca de eleitores. Estes últimos estão sempre presentes em qualquer aglomeração, não faltam nem em inauguração de boteco.

A votação começou cedo e seu João foi o primeiro a votar. Parecia estar preocupado com alguma coisa.

Durante toda a manhã a votação correu muito tranquila, não havendo provocações partidárias. Vez ou outra, alguém vinha cumprimentar João Bugre como se este já estivesse eleito.

Em meio àquele movimento, Tuca avistou Sebastiana e por mais que tentasse ler em seus olhos alguma coisa, ela fugia de seu olhar como se quisesse ignorá-lo. Tuca temia perdê-la, mas não desistiria. Não estava disposto abrir mão dela.

A votação enfim terminou e começaram a contar os votos.

A contagem ia lado a lado. Um voto para dona Maria, um voto para seu João. Ás vezes seu João passava a frente e hora era dona Maria quem liderava. Quando o Juiz anunciou o último voto, os eleitores de seu João deram saltos e gritos. Mais uma vez seu João reeleito presidente da colônia dos pescadores. Dessa vez, com uma vitória muito apertada. A diferença foi de apenas cinco votos.

Dona Maria saiu da colônia tão logo ouviu o resultado. Estava decepcionada com a derrota. Sabia que não seria fácil. A maioria dos pescadores ainda não concordava em ter uma mulher à frente da Colônia embora houvesse muitas mulheres pescadoras.

Parabá vendo-a sair foi após ela para confortá-la. Tuca aproveitou e seguiu junto, talvez assim pudesse falar com Sebastiana.

— Não fique assim dona Maria, nós quase conseguimos.

— Mas quase não é vencer seu Parabá.

— Eu sei. Não foi possível, mas nós pelo menos tentamos.

— Sabe, as pessoas parecem que não aprendem nunca, mesmo sabendo das falcatruas desse desonesto ainda tiveram coragem de votar nele.

— Isso não vai mudar nunca, dona Maria. Basta um favor particular para as pessoas se esquecerem das sujeiras. Ainda tem aqueles que dizem: "ele rouba, mas faz".

— Onde já se viu uma coisa dessas, seu Parabá? Quem rouba é ladrão e tem que estar é preso.

— Quem sabe um dia isso muda?

— É. O senhor tem razão. Não podemos fazer mais nada.

— Mas também não podemos desistir. Quem sabe na próxima eleição?

— Não sei seu Parabá. Eu desisto. Não quero mais saber disso.

— Tenha calma dona Maria, a senhora está de cabeça quente. Depois vai mudar de ideia.

— Pode ser.

Tuca achou que podia resolver a sua situação com Sebastiana, mas ela entrou para o quarto e não saiu de lá.

Parabá se despediu e seguiu para a sua casa. Não podia fazer mais nada. Teria que aceitar mais um mandato de João Bugre.

Enquanto isso na colônia, a festa era por conta do candidato eleito. Os simpatizantes de Bugre tiravam a barriga da miséria.

João estava ocupado na sala que funcionava como escritório. Parecia muito furioso com alguém. Seus berros, não fosse a algazarra que estava no pátio, podiam ser ouvidos lá fora.

— Idiotas! Eu não quero ouvir desculpas. Não quero saber. Procurem-no eu quero ele morto até amanhã.

A fuga de Badeco foi um golpe duro para João Bugre. Era um momento delicado, as coisas não podiam dar erradas logo agora.

Naquela semana estaria enviando um carregamento de peixe para Minas Gerais. Seria cerca de quinhentos quilos de pintado e trezentos quilos de pacu, todos inteiros e congelados. Isso iria render um bom dinheiro para a associação dos pescadores, já que o peixe tem melhor valoração no mercado externo.

Na semana seguinte, os peixes foram todos acondicionados em caixas térmicas e o próprio presidente embarcou a carga em um furgão refrigerado que levaria a carga. Tudo havia voltado ao normal.

Um lobisomem cacerense, só que não, por Daniel Genuino

Pesadelo

Finalmente o resultado do exame que o delegado solicitou havia chegado e ele foi até o laboratório para apanhar. No trajeto, ao passar em frente a um supermercado, alguns estranhos lhe chamaram a atenção, não pareciam ser da cidade. Parou a viatura e foi até lá para ver se descobria alguma coisa. Notou que faziam compras volumosas e tentou puxar diálogo.

— Bom dia, são pescadores?

Os homens se entreolharam sem nada responder. Um moço que empurrava o carrinho de compras se adiantou e disse:

— Eles são turistas, estão pescando sim.

— Ah sim, e de onde são?

— Eles são gringos, não falam nada de português.

— Você é o guia deles?

— Sim eu estou acompanhando eles.

— Em que hotel estão hospedados?

— Não estão em hotel, eles alugaram um barco grande e estão a bordo dele.

— Onde está ancorado?

— Desculpe, mas penso que isso não é da sua conta. O senhor não acha que está fazendo muita pergunta? Acaso á da polícia?

— Por acaso sou o delegado desta cidade — disse o Dr. Junqueira em tom irônico.

— Desculpe delegado, mas se tiver alguma acusação...

— Não, não tenho. Só gosto de saber quem transita pela minha jurisdição.

— Claro, estamos pescando por aí, subindo e descendo o rio.

— Certo podem ir, não vou tomar mais o seu tempo.

— Ok. Até logo, delegado.

— Até mais.

O delegado ficou algum tempo fitando os homens e depois também entrou na viatura e seguiu para o laboratório para pegar os resultados dos exames. Após pegar os exames se dirigiu imediatamente a um médico especialista em infectologia. Ele abriu os envelopes examinou os dados e ficou muito impressionado.

— E então, doutor? Alguma novidade?

— Isso é realmente incrível.

— Como assim doutor, do que se trata?

Delegado, estamos diante de um vírus totalmente desconhecido, mas muito perigoso. Precisamos obter mais informações, urgente.

É contagioso doutor?

Ainda não sabemos. Precisamos descobrir como ele se propaga, para então sabermos como evitá-lo.

Mas então a coisa é bem séria.

É gravíssima. Precisamos ficar atentos a novos casos. Eu preciso de informações sobre os casos que já temos. Descubra onde os mortos frequentavam, por onde andaram nos dias que antecederam à morte, o que comeram, o que beberam, para tentarmos descobrir onde está o foco do vírus.

— Certo, temos que dar uma resposta à população, essa história de lobisomem já está me dando dor de cabeça.

— Essa é uma terra de muitas lendas delegado, meu avô me contava a história de tal minhocão que virava canoas e comia os pescadores. Dizia que a fera está amarrada com um fio de cabelo embaixo da catedral.

— Essa é boa, ainda não tinha escutado.

— O senhor veio de fora delegado, não conhece as lendas da cidade. Não é a primeira vez que os cacerenses ressuscitam esse lobisomem.

— Não gosto de lendas doutor. Lido com bandidos de carne e osso todos os dias, mas se aparecer um lobisomem na cidade, te garanto que meto ele no xadrez.

— Eu não gostaria de estar na pele dele delegado.

Os dois acabaram se rindo do rumo que a conversa tomou. O delegado se despediu e voltou para a delegacia.

As mortes misteriosas continuaram e o doutor colheu algumas amostras de sangue dos suspeitos que procuraram alguma unidade médica com os sintomas característicos. Tudo era feito no mais absoluto segredo para não alarmar a população. Estavam chegando perto de descobrir alguma coisa.

O delegado havia saído em uma missão secreta. Estava prestes a desvendar outro caso muito importante, ficaria fora por alguns dias.

Nesse mesmo tempo, Parabá havia descido o rio para pescar e tendo percebido que Tuca estava meio tristonho convidou-o para ir com ele. Talvez animasse um pouco mais.

Não adiantou muito. Nada parecia trazer de volta o ânimo de Tuca.

— Vamos Tuca, vamos pescar.

— Vai lá pai, eu vou ficar aqui no acampamento.

— Você está perdendo rapaz, o peixe está saindo adoidado.

— To afim não, pai, depois eu vou.

E assim foi durante toda a semana em que estiveram acampados.

Em uma das vezes que Parabá saiu a descer o rio, deu-se com o estranho barco dos turistas gringos. Eles observaram-no o tempo todo com binóculos. Parabá percebendo, sentiu-se incomodado e zarpou logo dali retornando ao acampamento.

— Tuca, tem um barco de turista aí pra baixo.

— E o que tem isso pai? Sempre tem barcos de turistas pescando por aí.

— Mas esses aí não são pescadores coisa nenhuma.

— São gente rica pai, estão só curtindo.

— Não sei não. Dudu antes de morrer, que Deus o tenha, passou por aqui, comeu comigo e me lembro bem de ter falado sobre esse barco estranho aí.

— Deve ser outro, pai. Não deve ser o mesmo.

— Pois eu vou é ficar de olhos bem abertos com esse povo.

A tarde já estava caindo e eles se prepararam para dormir. Naquela noite Parabá não iria pescar, estava muito cansado e pretendia partir pela manhã para a cidade.

A noite estava agradável. Um vento calmo soprou quase a noite toda fazendo um barulho nas folhas das árvores e um odor adocicado era trazido do rio pela brisa. Tuca e Parabá dormiram tranquilamente, só acordando pela manhã com o ronco dos bugios. Desmontaram o acampamento, carregaram a chalana e se puseram em marcha rio acima com destino a Cáceres.

No trajeto, Tuca notou algo muito incomum. Estava acostumado ver um ou outro ribeirinho acenando da margem. Só agora percebeu que não viu um único ribeirinho em todo o trajeto. Os casebres pareciam desertos.

Após navegarem por algumas horas, finalmente viu um morador que recolhia apressadamente algumas coisas tirando-as do casebre e as pondo no barco. Parecia assustado com alguma coisa. Aproximaram a chalana da margem e dirigiram-se ao ribeirinho.

— Dia amigo.

— Dia

— O que está acontecendo, está indo embora?

— Tem que ir né, fazer o que?

— Mas o que está acontecendo?

— Então o moço não está sabendo? Este lugar está amaldiçoado. Ta todo mundo morrendo, é castigo.

— Como assim, morrendo como?

— Uma morte horrível.

O homem muito apavorado não quis saber de muita conversa. Entrou em seu barco, ligou o motor e partiu.

— Mas que negócio é esse? — Disse Tuca a seu pai.

A viagem seguiu sem mais novidades até chegarem ao porto da colônia. Assim que desembarcaram já foram bombardeados com as notícias da cidade. Havia centenas de pessoas nos hospitais, outras centenas de casas enlutadas e as pessoas estavam desesperadas sem saber para onde ir. Alguns bem que tentaram sair da cidade, mas o Exército, por ordem do Governo Federal, havia montado barreiras em todas as vias de acesso da cidade. Foi decretado quarentena, ninguém entrava ou saía da cidade.

Tuca saiu da colônia e correu até a casa de dona Maria, tinha um pressentimento muito ruim. Chamou à porta e viu dona Maria sair-lhe devagar.

— Onde está a Sebastiana? Eu quero vê-la.

— Eu sinto muito, Tuca, ela está muito mal.

— Por favor, eu preciso vê-la.

— Entre rapaz, ela está na cama.

Tuca empurrou a porta do quarto e um pequeno facho de luz clareou sobre a cama o corpo inchado e escuro de Sebastiana.

— Sebastiana...

— Meu amor, você veio me ver?

— Sim, eu vim vê-la.

— Eu sabia que você viria.... Não queria morrer sem vê-lo.

— Você não vai morrer, eu estou aqui com você.

— Eu sei... estava te esperando...

— Sebastiana, ouça-me, eu te amo, não pode morrer.

— Eu também te amo muito... por favor... segure a minha mão, estou com muito frio.

— Estou aqui. Não tenha medo, nada vai lhe acontecer.

Ela olhou para ele e sorriu. Sem deixar de sorrir, os olhos foram perdendo o brilho e sua mão já não pressionava a de Tuca. Havia apenas silêncio. Um silêncio que só foi rompido pelo grito desesperado de Tuca, que parecia rasgar-lhe a alma.

— Não!!! Não está acontecendo, não pode.

Tucá saiu correndo, correndo como nunca havia corrido. Estranhamente não se cansava. Correu até a sua casa. Tudo estava em silêncio, apenas um odor terrível, o odor da morte que pairava sobre a cidade. Entrou em sua casa devagar e viu a sua mãe sobre a cama, estava se decompondo. Teve náuseas. Já não conseguia chorar. Estava enlouquecendo. Foi até a casa de Pedrinho. No trajeto, corpos se decompunham nas calçadas, nas ruas, por todos os lados. Tuca avistou a casa de Pedrinho e ouviu gritos horripilantes vindos do interior da casa. Empurrou a porta com violência e ficou estarrecido com o que viu.

— Mas, o que...

Era o Pedrinho, mas não se parecia com ele, estava horrível. De repente, ele virou-se para Tuca. Tinha o corpo peludo, dentes enormes e os olhos vermelhos como brasa. A boca ainda escorria sangue da última refeição. Caminhou em direção a Tuca que estava estático sem conseguir mover-se. O monstro agarrou-o pelo pescoço e cravou-lhe os dentes.

— Tuca! Tuca!

Tuca deu um salto. Tinha os olhos arregalados, parecia ter visto um fantasma. Olhava assustado por todos os lados.

— Você há horas estava se debatendo. Acho que estava tendo um pesadelo. Fiquei até com medo de acordá-lo.

— Pai, tive um sonho horrível, vamos embora depressa.

— Vamos sim, já está amanhecendo. Beba um café para despertar e vamos desfazer o acampamento.

Tuca ainda estava muito assustado com o pesadelo que teve. Não conseguia esquecer.

Começaram a subir o rio e Tuca se sentiu mais tranquilo quando viu alguns ribeirinhos em seus afazeres ao longo do rio. Tudo estava no seu devido lugar.

Um lobisomem cacerense, só que não, por Daniel Genuino

A quadrilha desbaratada

O delegado parou o carro em frente o prédio da colônia, desceu calmamente como era o seu jeito e em seguida caminhou até o pequeno gabinete do presidente.

— Bom dia, seu João.

— Bom dia Dr. Junqueira, que milagre o senhor dar as caras aqui?

— Tudo tem sua hora, seu João.

— É verdade. O senhor aceita um cafezinho?

— Aceito sim, nunca enjeito um café.

— Está certo. — Disse Bugre servindo uma xícara de café e estendendo ao delegado — Aqui está.

— Obrigado.

— Mas o que o traz aqui delegado? Não creio que tenha vindo felicitar pela eleição.

— De fato, não — disse o delegado enquanto saboreava o café calmamente.

— Mas então?

— Bem, se quer mesmo saber, eu vim para falarmos sobre certa carga de peixe.

— Ah o senhor quer comprar peixe?

— Oh não. É sobre uns peixes que foram para Minas Gerais.

— Sempre exportamos peixes para outros estados, delegado. Está tudo de acordo com a lei. Tenho notas, guias de transporte e tudo mais. Ou isso é contra a lei?

— Eu acredito seu João, que os peixes estão em conformidade. Com exceção do alimento que estava enchendo o bucho deles. Isso sim é que é contra alei.

— Eu não sei do que o senhor está falando.

Enquanto falava, Bugre levava a mão por baixo da mesa alcançando a pistola 9 milímetros que guardava ali. Puxou em um gesto rápido, mas antes que disparasse ouviu um estampido e já sentiu algo quente lhe escorrer ao ombro.

— Eu sabia que iria tentar isso — disse o delegado com a arma ainda fumegando na mão. — Teve sorte que só lhe acertei o ombro.

— Está doendo muito! Vai me pagar por isto.

— Sabe? Eu acho que não. É você quem está devendo e vai pagar. Vamos logo, tem uma cela te esperando.

— Não ficarei muito tempo, tenho amigos poderosos.

— Espero que não esteja contando com o tal Águia. A essa altura, a polícia federal está efetuando a prisão dele.

Ao ouvir isso, João Bugre mudou de cor ficando pálido feito cera. Suas forças se acabaram.

— Agora chega de chororô e vai andando.

Ao chegar à delegacia, João começou a esbravejar fazendo um escândalo.

— Eu quero o meu advogado, você não tem provas contra mim. Não pode me prender assim, sou inocente.

Você vai ter o seu advogado, mas não creio que ele consiga te livrar assim tão fácil, há muitas acusações pesando contra você.

— Que acusação? Quem está me acusando de alguma coisa?

Nesse momento, Badeco entra na sala.

— Badeco? Você aqui?

— Sabe, esse rapaz foi a peça fundamental para que a sua quadrilha fosse desbaratada.

— Como pode acreditar nesse canalha doutor? Esse rapaz roubou o dinheiro da própria empresa em que trabalhava e fugiu para a Bolívia, é um traficante.

— Isso é o que você queria que todos pensassem. Mas a verdade é que foram os seus capangas que roubaram o dinheiro para culpá-lo. Isso porque ele descobriu alguma coisa sobre as suas cargas de peixe não foi?

— Eu só vou falar na presença de meu advogado.

— Tem esse direito. — Disse o delegado chamando o carcereiro e ordenando que João fosse recolhido ao xadrez.

Naquele dia toda a quadrilha de João Bugre foi desfeita. Um jornal local divulgou que mais de vinte pessoas foram presas em uma força tarefa que envolveu a polícia civil e a polícia federal. Prenderam ainda diversas armas de fogo, drogas, veículos, munições, jóias e muito dinheiro.

Enquanto isso, na colônia dos pescadores todos comentavam o ocorrido. Estavam atônitos com a prisão de João Bugre. No meio daquela discussão, Zé do peixe se lembrou de Dona Maria.

— Pessoal, vamos formar um conselho para destituir João Bugre da Presidência e se todos estiverem de acordo, vamos dar posse em seguida a dona Maria.

— É isso mesmo, vamos decidir isso já — disse outro pescador.

Mandaram um mensageiro à casa de dona Maria para que fosse até a colônia, ela não sabia ainda dos últimos acontecimentos. Quando lhe contaram todo o ocorrido, ela ficou pasmada.

— Reunimos aqui em conselho para decidirmos a exoneração do presidente empossado João Bugre e dar posse ao novo presidente conforme rege o nosso estatuto. Assim sendo, proponho o nome de dona Maria Ponhé, candidata que concorreu com João Bugre, para assumir essa presidência. Caso a maioria não concorde faremos nova eleição. — Discursou o pescador secretário.

Com exceção de um ou outro pescador, a maioria esmagadora se manifestou a favor de dona Maria. O secretário lavrou a ata de posse e dona Maria foi finalmente empossada.

— Só faltou seu Antônio Parabá aqui para comemorar. — Disse Zé do peixe à dona Maria.

Parabá e Tuca ainda não tinham regressado da pescaria, portanto, todos esses acontecimentos se deram na sua ausência.

— É verdade seu Zé, ele vai ficar muito feliz quando chegar, afinal, lutou muito para que isso acontecesse. — Respondeu dona Maria.

No outro dia, dona Maria começou a revirar as papeladas do escritório e ficou muito assustada com o que foi descobrindo. Como não houve tempo para consumir com as provas havia muita coisa errada que com certeza somariam nos crimes de João Bugre. Parentes, pessoas que nunca tinham pescado na vida, donos de pequenos comércios na cidade, profissionais autônomos, e outros tipos que não se encaixavam no perfil necessário para o registro de pescador profissional estavam ali devidamente cadastrados. Como sempre foi, o dinheiro público fácil atrai os vigaristas como formigas ao mel. O que justifica a permanência do corrupto no poder. No caso desses falsos pescadores cadastrados, o objetivo era receber o salário pago pelo governo durante a piracema, período em que a pesca fica proibida para evitar a extinção dos peixes.

Dona Maria convocou o conselho para uma assembléia e nessa reunião expôs a eles todo o esquema sujo praticado por João Bugre, inclusive a forma sórdida de como usou do seu cargo para promover cadastros indevidamente e dessa forma permanecer no poder com os votos desses agregados. Assim, propôs uma profunda investigação em cada cadastro, excluindo todos aqueles que comprovadamente não fossem pescadores profissionais, ou seja, aqueles que vivem exclusivamente da pesca.

Também criou um fundo de ajuda para as famílias dos pescadores que por ventura viessem enfrentar dificuldades em caso de doença ou desajuste financeiro.

Foi em meio a esse clima que Parabá atracou a chalaninha birigui no porto da colônia. Estava feliz com a pescaria que havia feito. Enquanto descarregava a birigui, Zé do peixe ia lhe detalhando os últimos acontecimentos ocorridos na cidade. A prisão de Bugre, a posse de dona Maria, e outras notícias que deixaram Parabá muito satisfeito.

— Eu sabia que esse sujeito não valia nada — dizia Parabá.

— É, você estava certo meu amigo. — Respondeu Zé do peixe.

— Agora as coisas vão caminhar bem, — disse Parabá.

Tuca estava calado. Pensou em ir ver Sebastiana, mas mudou de ideia e foi para casa. Sentia-se muito cansado. O corpo lhe doía muito como se tivesse levado uma surra.

Dona Joana estranhou que Tuca chegasse em casa e fosse direto ao quarto. Mais tarde, ela entrou ao quarto e percebeu que ele estava com muita febre. Ela então preparou um chá de ervas com algumas gotas de analgésico e deu-lhe de beber. Alguns minutos depois ele vomitou todo aquele chá. Agora lhe doíam também a cabeça e todo o corpo.

Sebastiana assim que soube que Tuca chegou, foi até a sua casa. Desde que teve uma conversa com Badeco entendeu o motivo que levou Tuca a faltar ao encontro.

— Dona Joana, onde está o Tuca? Eu posso vê-lo?

— Chegue menina, ele está no quarto, mas não está muito bem.

Sebastiana entrou no quarto e quase não o reconheceu. Estava muito abatido e apresentava inchaços e manchas escuras pelo corpo.

— Tuca?

— Oi, é você, Sebastiana?

— Sim sou eu, vim vê-lo.

— Me desculpe não ter ido ao encontro, sei que está muito zangada comigo.

— Não precisa se desculpar, eu já estou sabendo de tudo, ajudou a salvar um amigo.

— Como sabe?

— Ora, foi o próprio Badeco que me contou.

— O Badeco? O que aconteceu com ele?

— Ele ajudou a prender a quadrilha do João Bugre, provou a sua inocência e já foi readmitido ao seu emprego.

— Que bom.

— Mas você está muito mal, desde quando está assim?

— Já tem algum tempo, lá no rio estava já me sentindo mal, mas não quis preocupar meu pai.

— Então precisa ir ao médico.

— Não. Eu sou forte, prefiro ficar aqui com você. Enquanto estava lá no rio tive um pesadelo horrível, sonhei que você morria e me deixava para sempre.

— Isso nunca vai acontecer meu amor. Nada vai nos separar.

Tuca procurou a mão de Sebastiana e segurou-a com força.

— Não me deixe. — Disse ele com a voz fraca.

— Não vou deixá-lo

— Sinto muita dor. — Reclamou Tuca.

— Quer que lhe prepare um chá quente?

— Quero sim.

Sebastiana foi até a cozinha e pediu a dona Joana que providenciasse mais um pouco de chá para Tuca. Ela se apressou em fazê-lo. Sebastiana voltou ao quarto com a caneca de chá, mas percebeu que Tuca estava imóvel. Apenas os olhos permaneciam abertos. Sebastiana deixou cair a caneca de chá quente ao chão, cujo barulho ao se quebrar coincidiu com o grito que lhe escapou da garganta.

Fim do mistério

O delegado fazia a sua ronda de rotina pela cidade, quando percebeu um homem em atitudes estranhas. Um veículo para parado em uma estrada de chão em lugar de pouco movimento. Percebeu que ele abria alguns vidros como se liberasse alguma coisa no ar. Resolveu se aproximar um pouco mais para averiguar, mas quando o homem percebeu que alguém se aproximava, entrou no carro e saiu em desabalada carreira. O delegado começou a persegui-lo ainda sem saber por que o homem fugia, mas se estava fugindo é por que devia. A perseguição durou vários minutos, percorreram diversas ruas até chegar a uma velha ponte de madeira sobre um sangradouro, em uma avenida que dá acesso ao centro da cidade. Sobre essa ponte só passa um veículo de cada vez devido à sua largura que é muito estreita. No sentido contrário, um caminhão já começava a transpor a ponte, deixando o motorista fugitivo sem alternativas. Tentou saltar do veículo para fugir, mas o delegado chegou junto e o fez parar.

— Fique quieto aí — disse o delegado apontando a arma.

O homem parou com as mãos para o alto enquanto o delegado pedia reforços ao telefone. Não demorou muito para que Toni e outros policiais chegassem ao local.

— Porquê estava fugindo? — Perguntou o delegado.

— Eu fugindo? O senhor está equivocado, eu não estava fugindo.

— Não mesmo? É o que veremos.

Enquanto Toni algemava o homem, o delegado fazia uma revista minuciosa no veículo. Havia diversos vidros, mas um deles chamou a atenção do delegado, estava cheio de mosquitos.

— Isso aqui está muito estranho. Porque alguém iria fugir da polícia se não está portando armas, nem drogas, nada que pudesse justificar a sua fuga? Apenas esses frascos com mosquitos. — Disse o delegado.

— Vamos levá-lo para a delegacia ou liberá-lo delegado? — Perguntou Toni.

— Vamos levá-lo. Precisamos esclarecer algumas dúvidas.

Na delegacia as perguntas continuaram, mas o homem não respondia nada que ajudasse na investigação. Em dado momento, o delegado olhando para ele disse:

— Já não nos esbarramos antes?

— Eu não me recordo. — Disse o homem.

— Olhe rapaz, eu não tenho tempo para perder, eu o vi abrindo alguns potes como aquele. Estava soltando mais mosquitos na cidade? Não bastam os que já têm aqui?

— Eu não estava fazendo nada demais.

— E por que aquele frasco cheio de mosquitos, é biólogo por acaso?

— Não senhor, não sabia que carregar um frasco com mosquitos fosse crime.

O delegado então se lembrou do homem.

— Por acaso não era você o guia daqueles turistas gringos?

— Eu não sei do que o senhor está falando.

— Mas eu me lembro agora, era você mesmo, com esse ar de arrogância.

— E se for, o que isso tem demais?

— Eu ainda não sei, mas juro que vou descobrir. Até lá, você fica aqui bem guardado.

O delegado foi até o médico que fez os exames. Estava muito desconfiado daquela armada. Afinal, não era todo dia que se encontrava alguém com um frasco de mosquitos por aí.

— Então delegado, alguma novidade?

— Tenho algo muito estranho, gostaria que desse uma olhada.

— Deixe-me ver.

O delegado tirou o frasco de uma sacola e o entregou ao médico.

— Me diga o que você acha disso, prendi um sujeito com vários frascos como esse.

O médico examinou os insetos com uma lupa.

— Vou dizer-te uma coisa, essa pode ser a prisão mais esquisita que você já fez, mas acho que você está no caminho certo.

— Por que você diz isso?

— Por que isso é *aedes aegypti*.

— Aquele que transmite a dengue, a zica e a chikungunya?

— Isso mesmo delegado.

— Mas como pode alguém querer soltar esses bichos por aí?

— Vai se saber. Por enquanto o mais recomendável é examiná-los para saber se portam algum vírus. E é isso que vou fazer.

— Certo. Enquanto isso vou ver se aquele passarinho canta alguma coisa.

O delegado voltou para a delegacia e pediu para o Toni lhe trazer o homem que foi detido com os mosquitos. Toni foi até as celas, mas voltou logo em seguida.

— Delegado, venha ver isso.

— O que foi Toni, não me diga que o passarinho voou?

— Mas que droga! Esse infeliz se matou.

— O homem estava pendurado pelo pescoço com a própria cinta que usava na calça. Curiosamente, havia uma frase riscada na parede que dizia: "SÓ QUE NÃO".

O delegado ficou irritado ao extremo. Não esperava por isso. Deu-se conta agora que provavelmente estava diante de algo bem maior do que imaginava.

Pouco mais tarde, o médico lhe ligou.

— Doutor Junqueira?

— Sim sou eu, pode falar doutor.

— O senhor sem querer parece ter posto fim ao mistério das mortes.

— Como assim doutor, o que o senhor descobriu?

— Mandei fazer uma análise dos mosquitos e adivinhe só o que tinha nos mosquitos?

— Não me deixe impaciente doutor, deixe de rodeios e fale logo.

— Os vírus encontrados eram os mesmos que os encontrados nos cadáveres.

— Mas então isso é muito grave.

— Gravíssimo delegado. Podemos ter uma epidemia na cidade e se isso acontecer vai ser um caos.

— Nesse caso precisamos alertar a população.

— É preciso comunicar ao prefeito urgente para uma providência antes que seja tarde demais. Se a doença se espalhar não será possível controlar mais.

— Farei isso, — disse o delegado, — e também já tenho uma certa suspeita sobre a origem desses mosquitos, mas terei que investigar.

O delegado foi até a colônia dos pescadores onde conversou com alguns pescadores sobre o paradeiro de um barco de turistas.

— O senhor sabe o nome do barco, delegado? — Perguntou Zé do peixe.

— Não. Só o que sei é que os turistas são gringos.

— Eu não sei dar notícia desse barco senhor, tem barco demais nesse rio.

— Tem razão. Algum pescador desceu o rio por esses dias?

— O Parabá. Ele desceu por último. O acampamento dele fica bem pra baixo, creio que é o que fica mais distante.

— Onde eu posso encontrá-lo?

— Está em casa doutor, um dia muito triste para ele.

— O que houve?

— O filho Tuca, que havia ido pescar com ele voltou meio capengando e morreu daquele mal.

— Pois então é com ele mesmo que eu quero falar. Pode me levar até a casa dele?

— Eu vou lá com o senhor.

Chegaram à casa de Parabá. Havia muitos amigos e parentes no velório. Pedrinho e Samuca estavam inconformados com a perda do amigo.

Zé do peixe acenou com a mão para Parabá e este veio ao seu encontro.

— Meus sentimentos, amigo.

— Obrigado, Zé.

— O delegado quer falar um pouquinho com você.

— Onde ele está?

— Está aí fora.

— Vamos lá.

— Boa tarde seu Antônio. Eu sinto muito pelo seu filho.

— O senhor quer falar comigo?

— Quero sim. O senhor desceu o rio essa semana.

— Foi. Na verdade, desci na semana passada, mas voltei ontem.

— Me diga, viu um barco de turistas ancorado por essas bandas?

— Pra dizer a verdade, vi sim. Tinha um barco estranho apoitado lá embaixo. O primeiro que viu esse barco foi o finado Dudu, aquele que me custou uns dias presos.

— Interessante. E como é esse barco, seu Antônio?

— É um barco bem grande, bonito, todo branco.

— A que altura mais ou menos ele está ancorado?

— Está um pouco pra baixo da Passagem Velha.

— Acho que vou precisar de um guia para ir até lá. Mas antes vou comunicar a polícia federal.

— Se quiser posso ir com o senhor delegado — se prontificou Zé do peixe.

— Combinado. Saímos amanhã pela madrugada então. Até logo e obrigado seu Antônio.

Pela manhã saíram uma equipe de policiais militares do grupo especial, policiais civis, federais e até biólogos, para buscar a misteriosa embarcação.

Durante horas estiveram descendo o rio Paraguai, até que em determinado momento, avistaram o tal barco.

Havia seguranças do lado de fora da embarcação e estavam fortemente armados.

Ao verem o barco de policiais se aproximando eles tentaram intimidar os policiais.

— Não se aproximem! Este é um barco de pesquisa do Governo Federal. Temos ordem para atirar — gritou um dos seguranças.

— Aqui é a polícia, ponham as armas no chão. É uma ordem, até que eu veja a documentação de vocês — disse o delegado.

Os seguranças da embarcação não deram ouvidos ao delegado e começaram a atirar contra os policiais, mas os policiais revidaram os tiros alvejando os seguranças e logo a superioridade de fogo dos policiais ficou comprovada ao eliminarem todos os seguranças do exterior do barco. Alguns outros que estavam na parte interior preferiram não arriscar e jogaram as armas ao assoalho do barco ficando com as mãos para o alto. Os policiais subiram a bordo rapidamente algemaram os que iam encontrando pela frente.

Era um barco para ninguém botar defeito. Tudo com tecnologia de ponta. Em um compartimento do porão, encontraram um laboratório de última geração e diversos homens com jalecos brancos. Em um canto do laboratório, os gringos se entreolhavam.

— Eston invadindo propriedade particular — disse um deles com sotaque alemão.

— É mesmo? Não me diga. — Disse o delegado.

— Eu ter autorrizaçon da governa brasilerra.

— Isso é o que nós veremos. Por hora, estão todos detidos.

— Isso ser uma desrespeita, nos non ser bandidas, eu querrer minhas advogados.

Embora tentassem argumentar, os policiais conduziram o barco para o Cais de Cáceres.

A polícia solicitou uma equipe de cientistas brasileiros para examinar o laboratório do barco, vasculhar informações nos computadores, com a finalidade de descobrir que tipo de pesquisa eles estavam desenvolvendo.

Final

Os cientistas brasileiros ficaram maravilhados com a tecnologia que havia no barco. Tudo de última geração. Mas o que os deixou mais estupefatos foi a pesquisa que os gringos estavam desenvolvendo. Eles haviam criado um super vírus a partir de um cruzamento genético do vírus da zica com o vírus da febre amarela. O resultado foi um vírus mortal que causava uma espécie de gangrena matando rapidamente órgãos e tecidos do corpo humano. Assim que o mosquito picava a pessoa, as células já começavam a ser atacadas rapidamente.

Haviam escolhido o pantanal por causa quantidade de água e mosquitos, o que facilitaria a proliferação da espécie. Mas alguma coisa parece que não estava dando certo, pois os mosquitos infectados tinham um curto período de vida e não conseguiam procriar.

Entre os cientistas envolvidos, havia um americano, um russo, um alemão e um paquistanês. Eles tinham autorização para desenvolver pesquisas que pudesse ajudar na eliminação do *aedes aegypti*, mas era apenas pretexto para entrar de forma legal no país. Estranhamente, não havia nenhum cientista brasileiro entre eles.

Os cientistas brasileiros descobriram também que laboratórios que fabricavam medicamentos para combater os sintomas da dengue estavam entre os patrocinadores das pesquisas. Havia também patrocínio de grupos terroristas conhecidos da mídia por ataques violentos.

Tudo isso mostrou também a facilidade com que estrangeiros adentram ao país para fazerem todo tipo de pesquisa que lhes interesse.

Após tudo esclarecido, os cientistas criminosos foram entregues a Interpol, em razão de serem eles procurados em vários países por crimes dessa natureza.

A administração da cidade de Cáceres disponibilizou carros de som nas ruas para avisar a população sobre o risco da doença orientando os procedimentos que deveriam adotar. O mesmo anuncio foi feito por meio de rádio, televisão e panfletagem, dando todas as informações à população de como evitar a doença.

Houve uma movimentação geral da sociedade e os cidadãos aprenderam o quanto pode custar caro o acúmulo de lixo nos quintais e em pouco tempo não se via um quintal sujo ou lixos jogados pelas ruas.

A cidade mudou completamente a cara. As praças estavam limpas, as ruas varridas, cooperativas passaram a reciclar o lixo, as coletas eram feitas de forma seletiva, cada caminhão foi pintado com uma cor que indicava o tipo de lixo que estava sendo recolhido, o prefeito passou a dar atenção aos bairros da periferia, levando asfalto, esgoto, iluminação e praças, melhorando a qualidade de vida das pessoas e...
Só que não.

www.ingramcontent.com/pod-product-compliance
Lightning Source LLC
LaVergne TN
LVHW051442170726
843492LV00002B/511